ATHCHÓIRIÚ NA

SLUTS

(UIMHIR)

Údar

NORBERTO MOLINA-GUERRERO

MEXICO

2021

I

Táim chun insint duit faoi phláinéid aisteach go leor, ní pláinéad é atá lán de theicneolaíochtaí ... nó carachtair aisteach, is domhan é atá cosúil leis an gceann a gcónaíonn tú ... domhan a bhfuil saol lán de chorraíl ann ionaid uirbeacha agus le suaimhneas áirithe i gceantair thuaithe, áit a bhfuil leanaí, ainmhithe agus go leor eile.

Cén fáth a dteastaíonn uaim a insint duit faoin bpláinéad sin? D'fhéadfá smaoineamh ... cé chomh difriúil a bheidh ag an domhan sin? Bhuel, freagraím ort, níl ann ach cuid de do shaol. Go Leor? ... Tá súil agam mar sin ... agus cad é mura leor é? ... Tabharfaidh mé freagra ort níos déanaí. Tá an pláinéad a bhfuilim ag insint duit faoi sách gnáth, mar sin gnáth, a rá leat go bhfuil gnáthamh fiú i láthair i ngach áit.

Ach an rud a bheidh mé ag insint duit ná scéal a bhris cinnte le gnáthamh an domhain sin. Bhuel, baineann sé le Ricardo. Nílim chun sonraí a thuairisciú faoin gcur síos fisiceach atá ag an bhfear seo, nó faoina cháilíochtaí, gur díreach mar a bhí tú mar fhear a rinne gáire ó am go ham, tháinig fearg air nuair a chuir siad fearg air ... agus na rudaí sin go léir atá ag gach duine.

Bhí Ricardo ina úinéir ar chuideachta bheag ina ndearnadh éadaí, ansin, sa chuideachta sin, d'oibrigh cúigear ban, is é sin le rá, bhí níos mó nó níos lú cúigear ann toisc gur tháinig níos mó uaireanta, mar gheall ar mhéadú ar tháirgeadh, nó, Ricardo a bhí sé thug sí suas fostaí… d'oibrigh an chuideachta níos mó nó níos lú go maith, ag brath, mar a deir na ceannaithe, ar an am seo den bhliain.

Anois, ba chóir dom a thabhairt faoi deara gurbh é an tUasal Ricardo athair teaghlaigh, le bean an-álainn ... an raibh sé ina athair maith? Chomh fada agus is eol dom níor bhuail sé a chlann, buachaill agus cailín, ocht agus deich mbliana d'aois faoi seach ... an raibh sé ina fhear céile maith? Tuigim nach ndeachaigh a bhean riamh chuig iniúchadh póilíní chun agra a dhéanamh ar Ricardo nó ar rud ar bith mar sin, agus níor chuala an bhean sin ó ghearáin óna comharsana nó óna gaolta. Buille faoi thuairim mé go raibh an buí sa bhaile níos mó mar gheall gur bhuaigh a fhoireann sacair nó b'fhéidir toisc go raibh a mhadra ag fualú san áit nár cheart dó… bhuel… beidh daoine buí faoi rud ar bith.

Go tobann, i gceann de na gnáthlaethanta sin, chuir mír nuachta iontas ar Ricardo nuair a léigh sé sa nuachtán faoi coup ina thír féin, chuir sé iontas air mar cheap sé nach raibh aon chúis ann go gcuirfeadh na ginearáil nua-aimseartha isteach ar rialtas Cé go ndearnadh cáineadh mór air, go raibh an cúpla tionscadal a bhí beartaithe aige déanta go maith ar a laghad. Bhí ag éirí go maith leis an ngeilleagar, spreagadh roinnt infheisteoirí coigríche chun tionscadail turasóireachta a dhéanamh, measadh go raibh suirbhé fabhrach deireanach ar bhainistíocht an uachtarán seasca faoin gcéad ... bhuel ... ní raibh aon chúiseanna ann, sna cásanna sin, caithfidh tú fiafraigh de na ginearálaithe coup cad a spreag iad chun a leithéid de ghníomh. Lig do na hiriseoirí é a dhéanamh, d'fhiafraigh na hiriseoirí cén fáth ... d'fhreagair na ginearáil aon rud.

Dúirt mé i gcónaí gur leor aon fhreagra dóibh siúd atá ag iarraidh iad féin a chosaint chun aon rud a chosaint. Mar gheall go bhfuil a fhios ag duine go bhfuil na freagraí sin dúr, agus cuireann sé fearg orm, i bhfad níos mó toisc go gciontaíonn siad an daonra leis na freagraí dúr sin a chreidiúint go bhfuil daoine dúr. Creideann Idiots, na plotters coup, a dúirt Ricardo leis féin, toisc gur ginearáil iad gur féidir leo gach rud a theastaíonn uathu a dhéanamh.

Ba é an rud ba mhó a chuir imní ar Ricardo ná a ghnó, mar gheall ar na saincheisteanna cánach sin, nó mura dtaitneodh sé le hoifigeach poiblí go bhféadfaidís an chuideachta a dhúnadh. Tháinig sé rud beag neirbhíseach ina oifig, bhí imní ar a chuid fostaithe freisin go mbeifí ag súil leis an méid a bhí le tarlú leis an rialtas míleata ... rud nach raibh ann féin ach ag smaoineamh gurb é an t-arm a bhí i gceannas ar an cinntí a rinne an tír gach duine neirbhíseach ... mura gcreideann tú mé, cuir ceist ar dhuine a raibh an taithí sin aige.

An staid sa tír, ar an bpláinéad aisteach sin, tír freisin ach gnáth mar ár gceann féin ... an é an pláinéad atá againn? ... chaithfeá ceist a chur ar chaipitlí, tá sé suimiúil ... cuir ceist ar shagart, ar pholaiteoir, ar bhean tí, ar mhac léinn, ar bhuachaill, ar chailín ... spásaire, an fear a dhíolann glasraí ar an choirnéal. .. do go leor daoine ... cad a thabharfaidh siad freagra nuair a fiafraítear díobh an linne an pláinéad? Cad a cheapann tú? Bhuel, sa tír sin thosaigh rudaí ag athrú go gasta. Tháinig oifigigh ón arm, ón ngeilleagar, ón oideachas ... in ionad cuid de na poist mhaorlathacha ... in áit, cuireadh gach rud faoi thionchar bainistíochta agus míleata (níor thaitin an focal míleata liom riamh, bhuel ... cuireann sé i gcuimhne dom i gcónaí sloinne, ní rud pearsanta é).

Athraíodh roinnt uaireanta an chloig, d'fhostaithe an bhrainse bhreithiúnaigh Iaghdaíodh an uair an chloig thart ar thrí uair an chloig, is é sin nach socraítear na huaireanta in oifigí poiblí riamh, ní bhíonn a fhios agat riamh cén fáth, beagnach i gcónaí, in uaireanta neamhoifigiúla, go ndéantar é a laghdú go dtí uair an chloig nó Dhá uair an chloig níos mó. Leathnaigh na bainc a gcuid uaireanta oibre ... fostaithe bochta.

D'éirigh cúrsaí na mban casta. Bhuel, tharlaíonn sé go ndeirim an junta míleata, a bhí mar dhuine ar bith le hairgead agus cumhacht pholaitiúil, mar gheall nach raibh ceannaire infheicthe ar an coup sa phreas, i bhfad níos lú an rud a thugann roinnt meán cumarsáide air "generalissimo" nó aon rud mar sin. Go simplí, an junta míleata nuair a rinne sé cinneadh nó nuair a theastaigh uaidh rud éigin a chur in iúl, rinne sé é sin trína na céadta urlabhraí agus faigheann gach duine acu faoiseamh gach mí. Agus iad siúd an bhoird? Bhí an oiread sin daoine i gceannas nach raibh sé cinnte le fios cé a rinne suas an rialtas míleata, ar a laghad ní raibh a fhios ag aon duine cinn na bpríomhchumhachtaí.

Bhí mná teoranta do níos mó ná sochar amháin a raibh siad ina theideal, cé is moite de fhear gnó nó polaiteoir cumhachtach ó am go chéile a lig dóibh ar a laghad an só a dhéanamh níos mó ná fear uasal amháin a fhulaingt ... mar a dhéanann siad de ghnáth. caitheamh le mná le cumhacht dá leannáin. An chuid eile de na mná, chun go leor teorainneacha de chineál polaitiúil, dlíthiúil ... agus sóisialta a fhulaingt.

Teorainneacha ... mar shampla, nach mbeadh na tuarastail mar an gcéanna riamh, sula mbeadh sé níos measa, go ndéanfaí iad a ísliú, nó, i gcás roinnt cumann acadúil nár ghlac le mná as an leithscéal "nádúrtha" as "a chur in áirithe an ceart "mná a ghlacadh nó gan iad ... agus rudaí mar sin ... fir leathcheann ... a dúirt duine d'fhostaithe Ricardo i lár na hoibre ... agus amhail is dá mbeadh sé ag smaoineamh os ard ... leathcheann cén fáth? D'iarr Ricardo air, agus d'áitigh sé, agus a fhios agam gurb iad na daoine atá ag déanamh na mbeart polaitiúil na coup plotters ... Níl aon bhaint agam leis an ábhar sin.

 Agus cosúil le haon rialtas deachtóireach agus totalitáireach (tuiscint a fháil ar an t-iomlánachas sa chás seo mar rud ar bith is mian leo a dhéanamh gan a bheith riachtanach gach rud a dhéanann sé a mhíniú, nó do dhuine é a bhréagnú agus caidreamh sóisialta a bhunú ar imeaglú agus ar bhagairt) agus éillithe, a dhéanfadh sa chás seo a bheith oscailte agus éilliú a léiriú ... níor ceadaíodh agóidí ar léiriú sóisialta.

II

Tarlaíonn sé gur tháinig eagla na comhcheilge i gcoinne na réabhlóide míleata i mí na ceathrú ráithe den bhliain 879282719826-HWOP-IIII, cé gur thug an míleata réabhlóid na ndaoine air, gur thug na intleachtóirí ainm réabhlóid na n-idéal dóibh siúd ar thaobh na láimhe deise a tugadh réabhlóid shóisialta air, agus iad siúd ar thaobh na láimhe clé mar réabhlóid anarcháiseach, bhí ainm ag na páistí air freisin, an réabhlóid cnó cócó.

Is é fírinne an scéil gur choinnigh an réabhlóid seo daonra uafásach iargúlta darb ainm Shira, baile beag a bhaineann le stát Khartoum, i staid shocair aimsir, ar eagla go bhfanfadh siad ar an airdeall in aghaidh aon aimhrialtachta sóisialta, polaitiúla nó míleata a d'eascair. Sa bhaile seo a thosaíonn an stair.

Sa chomhthéacs seo, bhí leabhal le feiceáil (scríofa chun an bonn a bhaint de dhea-ainm institiúide nó duine) ag cáineadh go hoscailte riarachán polaitiúil an bhaile bhig agus a chuid údarás míleata, a bhí i ndáiríre ina phóilín agus beirt shaighdiúirí armtha le bataí, Níl a fhios agam an bhfuil sé ceart údaráis a ghlaoch orthu, ach is dóigh liom go bhfuilim áibhéil nuair a deirim leis na póilíní, leis na póilíní agus leo siúd ar cosúil go bhfuil siad míleata, míleata. Bhuel, bhí níos mó d'aghaidh áineasa orthu a bhí tiomnaithe eagla a chur ar na colúir sa pháirc ionas nach gcuirfidís isteach ar dhaoine scothaosta a bhíodh ina suí síos gach tráthnóna chun sosa beag.

Is í an tsaincheist ná gur shroich an leabhal treascrach an tUasal Tomasini de la Mora Puerta del Perpetuo Socorro, a bhí mar an t-ionadaí is airde ar an gcomhlacht breithiúnach, bhí a oifig humble sa pháirc, is é sin, puball a ndearnadh damáiste dó le blianta úsáide. . Agus shroich an fhaisnéis an méara (beagnach) don saol Antonini Martiñón, d'imoibrigh an bheirt ar bhealaí éagsúla, ach rinneadh scannal orthu fós agus scairt siad go dtí an pointe gur chreid i measc chónaitheoirí an bhaile bhig gur duo nua amhránaithe a rinne a thaitin le ceol a rugadh. Opera.

Cé gur cúisíodh i dtosach Francisca Cuestaza, duine d'oifigigh an bhaile, mar údar intleachtúil an leabhail, socraíodh le linn an phróisis go raibh níos mó daoine i gceist, is é sin, go raibh níos mó ban i gceist.

Mar sin, nuair a bhí roinnt ceannairí polaitiúla agus cathartha ag súil le gníomh láithreach ón mBreitheamh Juango Oterano (an breitheamh sa chás i dtosach), chreid earnáil den tsochaí gur cheart don bhreitheamh gníomhú chomh tapa agus is féidir agus go gcuirfí gach duine a bhí i gceist i bpríosún.

Cosaint na réabhlóide míleata mar an phríomh argóint agus sraith amhrais a thit ar roinnt oifigeach poiblí agus eachtrannach a bhfuil cónaí orthu ar an mbaile, i dteannta le teannas áirithe ar fhrith-réabhlóid a d'fhéadfadh a bheith ann ó thaobh frith-réabhlóidí ... Cé eile is féidir a dhéanamh frith-réiteach mura frith-réabhlóideach é? Is é fírinne an scéil gur tháinig an baile beag Shira mar chroílár na staideanna sóisialta, polaitiúla, cultúrtha agus eacnamaíocha le linn am deachtóireach Stát Khartoum.

Mheas an Breitheamh Juango Oterano ar dtús imeachtaí breithiúnacha a oscailt i gcoinne seachtar daoine, lena n-áirítear an t-oifigeach Francisca Cuestaza a dearbhaíodh go raibh amhras air faoin gcóras reachtach míleata nua, de thuras na huaire, faoi chuimsiú institiúideach Stát Khartoum. Ba é an chéad rud a rinneadh ná na daoine a raibh amhras fúthu a ghabháil go coisctheach agus ansin dul ar aghaidh chun ráitis a thógáil uathu.

Ar an láimh eile, briogáidire ginearálta na bhfórsaí armtha Josefo Vicentino Fercho, riarthóir an chisteáin phoiblí agus a ghlacfadh ról an bhreithimh in ionad Juango Oterano. Is é sin, ag pointe éigin díláithríodh an chéad bhreitheamh tosaigh mar gheall ar an moilliú agus an comhréiteach ceaptha. Rinneadh an t-athrú seo in iarracht pholaitiúil brú polaitiúil a chur i gciontú sa deireadh i gcoinne na ndaoine a raibh amhras fúthu, go háirithe i gcoinne an phríomh-amhrastach, an státseirbhíseach Francisca Cuestaza, agus ar mian leis tionchar éigin a bheith ag Briogáidire-Ghinearál Josefo Vicentino Fercho ar mhuintir Shira, agus toradh a dhéanamh leis seo , teachtaireacht a roinneann an smaoineamh maidir le lamháltas nialasach le saoránach ar bith atá ag bagairt cobhsaíocht Stát Khartoum agus comhdhlúthú na réabhlóide míleata: dúirt:

Ní mór don chúirt féachaint ar na háitritheoirí ionas go socraítear a n-iompar agus nach gcuirfidh sí faoi deara na torthaí imeallacha a mheallann debauchery na gcustaim, agus an droch-shampla a chuireann sé ar an aos óg, a eascraíonn as na prionsabail seo, díspeagadh clúiteach agus easpa géillte na hiarmhairtí brónacha a chuirtear, a bhrionnann fir a dhéanann dearmad ar mhadraí ár gcreideamh, agus a scarann iad féin ó mholtaí ár ndlíthe, ag sárú le díspeagadh naofa naofa. A bheith ar cheann acu seo, de réir na ngearán arís agus arís eile go bhfaca Francisca Cuestaza sa chúirt seo saol scannalach.

Agus thug sé le fios freisin gurb é díomhaoin bunús na n-olc go léir, caithfear cosc a chur ar a leithéid de leas detestable a chosc; ní fhulaingtear aon rud a bhaint de gach rud a bhaint de, agus leanann diabhal níos mó tríd.

Ar dtús bhí an leabhal tar éis teacht i lámha an Leifteanantchoirnéal Manuelini Carpentier, a raibh sé ceaptha díriú air, ach nuair a chonaic sé cé chomh calaoiseach agus scannalach a bhí an leabhal, rinne sé an cinneadh gearán coiriúil a chomhdú. Bhí an leabhal dar dáta 26ú quartidi 879282719826-HWOP-IIII.

Bhí na córais a d'úsáid na húdaráis le haghaidh ceistiúcháin inghlactha, go pointe áirithe, ó chearta an duine i leith na ndaoine a raibh amhras fúthu, ós rud é go ndúirt na daoine cúisithe go poiblí nach ndearna na húdaráis drochíde orthu agus go raibh siad saor ó phríosúin agus gan foréigean, cibé focal ó bhéal bhí brú coitianta, ionas go bhféadfaí a admháil gur leor fianaise chun duine a chiontú.

Tharla sé mar gheall ar an easpa fianaise theicniúil gur tháinig an bhéaloideas mar an arm is fearr ag na húdaráis d'fhonn teacht ar an gcúisí nó d'fhonn cás a réiteach. Sin é an fáth go raibh bagairtí ó na húdaráis go minic, rud a d'fhág gur gabhadh an t-aisteoir, nó na haisteoirí, agus a maoin a urghabháil.

In ainneoin gurbh í Francisca Cuestaza an príomh-amhrastach, ní raibh aon fhianaise dhochloíte ann fós a thug le fios di mar údar an leabhail, go dtí seo ní raibh stiogma déanta aici ach mar gheall ar a saol príobháideach. Sa chomhthéacs seo, faoi chuimsiú an phróisis seo, toghaireadh Claroni Palacete, leifteanant mhílíste tírghrá Shira, a fuair mionn, agus é ag dul ar aghaidh leis an bprótacal dlíthiúil, agus fiafraíodh dó an raibh a fhios aige cé hé údar an téacs , nó má bhí litir an téacs ar eolas aige, d'fhreagair sé gan stró gur Mrs Cuestaza an litir go deimhin.

Ba leor freagra Claroni Palacete, sa mhéid is go raibh an litir a bhí le feiceáil sa leabhal mar an gcéanna leis an litir a d'úsáid agus a d'úsáid Francisca Cuestaza. Tá sé aisteach gur lean Claroni Palacete lena focail ag lua gnéithe de charachtar morálta agus í ag cur in iúl, is é sin, ag cur i leith Francisca gur duine díomhaoin, leisciúil agus siamsúil í.

 Ba é tromchúis na líomhaintí morálta gur chuir sé isteach ar fhir agus go ndearna siad dochar dóibh trí iad a mhealladh le focail phósta (tugadh meabhlaireacht phósta ar an gcoir thromchúiseach seo, d'fhan sí i bhfeidhm sa dlí go dtí na laethanta seo) agus trí chur isteach orthu (gnéas a bheith acu i gcomhchuibhiú, lasmuigh den phósadh, lasmuigh den bhunreacht, lasmuigh de gach rud) chuir sé seo leis na scannail phoiblí a chuir isteach ar an daonra.

Ag pointe éigin le linn fhorbairt an phróisis, glacfaidh na líomhaintí seo le lí bagairtí in aghaidh an Stáit (rud éigin cosúil le bagairt sceimhlitheoireachta) agus faisnéis faoi insíothlú líomhnaithe frith-réabhlóideach i gcoinne na réabhlóide, nó, in áit, insíothlú réabhlóidithe i gcoinne na réabhlóid. , níos mó nó níos lú a bhí an smaoineamh.

An bhfaigheadh an lucht míleata (an bheirt fhear leis an mbata agus daoine eile a bhí níos cosúla le hoifigigh siombalacha) ó nuacht an bhaile bhig, imeallaithe agus neamhshuntasach arbh fhiú an oiread sin eagla agus an oiread sin amhrais air? Is é fírinne an scéil go raibh líon na ndaoine a gabhadh agus a raibh amhras fúthu ag méadú go dtí go bhfuarthas cásanna sóisialta agus polaitiúla nua.

Bhí sé eisceachtúil gur fhorbair próiseas breithiúnach chomh gasta, go háirithe le linn na n-imeachtaí leabhail. Le linn an lae chéanna, rinneadh roinnt ceistiúcháin de réir treoirlínte mar seo a leanas, sa chás seo ag glacadh ráitis ón saoránach Ricardo:

 An lá céanna, d'fhonn cloí leis an méid a ordaíodh in ord na trialach, chuir mé i láthair sa chúirt seo (Josefo Vicentino Ferdinand áirithe), sáirsint mhílíste tírghrá an tsaoránaigh chomharsanachta seo Ricardo, a bhí i láthair aige de na finnéithe ar ghníomhaigh sé leo ar an locht sainráite, fuair mé mionn a ghlac sé de réir an dlí de réir eitice agus nádúir, faoinar gheall sé an fhírinne a insint sa mhéid a bhí ar eolas aige agus a iarradh air: agus chuir mé an leabhal i láthair agus luaigh féin-dhearbhú, arna fhorchur ag duine amháin agus ag ceann eile:

Go bhfuil sé ar eolas aige agus go bhfuil sé poiblí agus clúiteach mar an gcéanna a úsáideann Francisca Cuestaza agus a bhfuil sé i dtaithí air, a bhfuil aithne aige freisin, agus tá sé poiblí agus iomráiteach a dúirt go bhfuil Cuestaza díomhaoin, doiléir agus droch-siamsaíocht, seans maith go cavilosity agus go entanglements a spreagadh, atá freisin Poiblí agus iomráiteach agus is eol dó trí éisteacht, déileálann sé le scannail faoi chomhbhualadh, ag maireachtáil i ndíchuimhne agus le scannail, atá aige freisin, trí éisteacht phoiblí agus iomráiteach go bhfuil an fraochÚn atá millte ag Francisca roinnt póstaí le focail drochbhéasacha le fíor-mhná céile na bhfear céile, agus rinne magadh orthu, ag maíomh as a gcaillteanas, nach raibh in ann leanúint ar aghaidh lena saol pósta, rud a chuir iallach orthu colscaradh a dhéanamh.

 Ba iad na príomhfhinnéithe le linn an phróisis bhreithiúnaigh, nár thuig siad mar bhreithiúna nó mar fhinnéithe ar na himeachtaí ach mar fhinnéithe tionlacain agus ar bhealach éigin mar ráthóirí ar an bpróiseas breithiúnach ba iad Gregorino de la Germania agus Jon Alvo Castillano, ag pointe éigin ar chúiseanna nach raibh finnéithe eile curtha i láthair, ach is é an smaoineamh i gcónaí gur tugadh suaimhneas don bhreitheamh agus do na cosantóirí araon go raibh na ráitis éagsúla de réir dhlíthe Stát Khartoum.

 Ba é an chéad cheann eile a bhí le feiceáil ná Grecano Alvarón, cónaitheoir i Shira, rud a bhí mar thréith ag ráiteas an tsaoránaigh ceithre bliana is fiche seo gur leis an gcúisí Francisca Cuestaza, dar leis, mar a d'aithin sé nach bhfaca sé é ach i roinnt uaireanta scríobh litir amháin agus litir eile.

Ní féidir a thuiscint ach go dtugtar an tábhacht a bhaineann le ráiteas chomh doiléir agus nach bhfuil sé inchreidte amhail is dá mba ráiteas finné súl é, rud a chiallaíonn finné súl, toisc go raibh siad clostrácht ar fad. Agus is amhlaidh gur chuir tosca ar nós céim nó ordlathas a chuir an dearbhóir (oifigeach míleata nó ball den chléir, nó ceannaire polaitiúil) ar thaobh amháin, le fuath agus drochíde pearsanta, chomh maith le teannas sóisialta dáiríre faoi bhagairtí seachtracha ina gcoinne Ligeann an réabhlóid mhíleata dúinn tuiscint éigin a fháil ar an mbrú polaitiúil a rinne casta breise ar an bpróiseas breithiúnach ní amháin i gcoinne Francisca Cuestaza ach i gcoinne a comhchoirí freisin.

Go bunúsach ba mhná Shira iad comhchoirí ceaptha Francisca, a thug tríocha bean san iomlán i measc mná tí singil, singil, pósta, siopadóirí, nianna, múinteoir, altra (a thuigtear mar bhean chabhartha), an cailín a dánta diúltaithe i gcónaí agus i ngach ócáid, triúr leannán aitheanta, agus cúigear eile a raibh amhras fúthu, dhá phaidir ceithre huaire an chloig is fiche sa lá, an cailín ón tseirbhís poist, dhá cheann ón tseirbhís baile (amhrasach freisin), beirt iarrthóirí don t-aon réimeas na bliana (an choróin malartach), beirt sheanmháithreacha, triúr seanmháithreacha agus roinnt máithreacha.

Luadh Antonini Mendocini áirithe ó Chaisleán an Fhuarain de na trí Shliabh Carbhán i nGleann an Puerta del Sol den Puerta del Mar agus de na etcetera Gates etcetera agus de na etceteras go léir mar chuid de bhailiúchán na fianaise ag an triail.

Gach uair a toghaireadh finné clostráchta nua, má tharlaíonn sé gur chuir duine cúisimh eile le Francisca Cuestaza, sa chás seo, luaigh Antonini:

Bhí Francisca casta ar chúrsaí dlí a thionól, scríbhinní, leabhail agus véarsaí a scríobh

Treisíodh an ráiteas seo trína rá gur deartháireacha polaitiúla iad, rud a chiallaigh sé sin, ní raibh a fhios ag aon duine, ní Francisca Cuestaza a bhí cúisithe, ní an tinterillo Josefo a ghníomhaigh mar bhreitheamh, ní na daoine intleachtúla a bhí bródúil as dlíthe an Stáit a bheith ar eolas acu Khartoum, ná éinne, ach mar a bhí sé b'éigean Antonini a chreidiúint.

Tar éis dó an ráiteas in-idirbhriste go léir a thógáil ó Antonini, a mhéadaigh deich gcinn de choireanna eile air, chuaigh an breitheamh (a bhí ag gníomhú mar bhreitheamh) ar aghaidh láithreach chun an mhaoin go léir ar le Francisca a urghabháil, chomh maith lena chur ina luí uirthi an admháil a ghlacadh tar éis an nós imeachta breithiúnach an lá céanna tar éis an t-ordú a chomhlíonadh d'fhonn duine an Francisca thuasluaite a ghabháil.

 Chuir an breitheamh é seo in iúl do na finnéithe, a chuaigh ansin le roinnt comhlach (in éineacht leis na finnéithe) go teach Francisca, a bhí ar cheann den bheagán a raibh an dara hurlár aige, agus rinne siad cuardach ar stór an tsaoránaigh Josefina Briosa freisin, ó tharla gur cosúil léi ba é a chara is fearr, ina bhfuarthas na hearraí a cuireadh in iúl, agus an saoránach Pedrini Pascualán Rodragu i gceannas ar a n-éarlais, faoi réir sástachta agus freagrachta, a raibh oibleagáid air na dualgais a éilíonn a ordú a chomhlíonadh, agus iad a choinneáil i dtaisce.

 Fuarthas na rudaí seo a leanas laistigh de mhaoin Francisca Cuestaza, iarfhostaí i mbaile Shira:

- Mála dubh leis an oiread sin málaí inmheánacha go raibh ar na póilíní, is é sin, an t-aon duine a d'fhóin mar oifigeach póilíní, cur isteach ar a gcuid oibre laethúla ag cur uisce ar ghairdín na páirce beag chun iad féin a chaitheamh ag iniúchadh gach cúinne de an pháirc ar feadh lá iomlán. an mála beagnach mistéireach sin agus thóg sé leath beart de mhionsonraí gan deireadh nach bhfuil go leor ainmneacha na n-earraí sin ar eolas fós.

-Cás airgid de sceana beaga nach bhfuil an-ghéar agus le snáitheanna daite.

-A peann luaidhe le dearadh nach bhfaca duine ar bith riamh ... an arm rúnda a bhí ann?

-Pills le haghaidh droch-anáil (is féidir).

-An bandage an-fhada agus an-leathan amhrasach, is cosúil nach n-úsáideann an t-arm ach é.

-Péint le haghaidh tairní, thart ar dheich gcinn mheánmhéide, is iad lovers na daoine a úsáideann an oiread sin péint de ghnáth ... Cé a bheidh mar leannán acu?

-Pill le pleanáil. Tugann gach rud le fios go gcaithfidh sé ní amháin go bhfuil leannán amháin aige, ach roinnt leannán, Agus cé má tá fir beagnach naofa i Shira? Caithfidh sé a bheith go bhfuil sé acu sa bhaile comharsanachta eile.

-Tin pinn luaidhe daite, tarraing le haghaidh cad é?

- Trealamh garchabhrach ina bhfuil siosúr beag, ceap uige agus buidéal alcóil.

- Dhá uachtair láimhe ... láithreach don chorp iomlán.

-Trí chosantóir indiúscartha d'imeachtaí fiseolaíocha.

-A scuab fiacla.

-A scuab gruaige, toisc go bhfuil, tá gruaig fhada ag bean a bhfuil meas aici uirthi féin, mana Francisca.

-A cumhrán, sách gnáth toisc nach raibh a chuid cumhra gur spreag sé paisin. Mar sin, cad a spreag an paisean i Francisca? Chaithfeadh muid ceist a chur ar na fir, nó ina áit sin, na daoine éad a cháin í as gach rud, agus is é atá i gceist agam go sonrach ná beirt bhan den saol sona (díoltóirí éadaí catalóige go hoifigiúil) a choinnigh ar feitheamh a bpróiseas agus a bhí toilteanach fianaise a thabhairt ina gcoinne.

-A uachtar chun do chuid gruaige a chíor. Bhí an chuma air go raibh an ceann sin bunaidh agus ceann de na cinn bhreátha toisc gur thaispeáin sé cumhra a d'fhéadfaí a mhothú leathbhloc uaidh.

-Shampoo. Freisin le haghaidh imeachtaí féideartha.

-A oiriúntóir. Boladh níos saibhre ná uachtar coirp.

 Bhuel, na rudaí sin go léir agus rudaí eile a coigistíodh ina sheomra, beagnach gan tábhacht cosúil le leaba gaoithe lena ceannbhrat cadáis, seanbhileog éadach, agus dhá piliúir déanta i stríoca, pota práis, ceithre phéire brístí, dhá cheann déanta as cadás, ceann déanta as línéadach, agus ceann déanta as éadach saor, péire stríoca eile, seaicéad cadáis agus seaicéad línéadach mín, trí léine línéadaigh nua.

 Chomh maith le bosca de shean-spéaclaí, péire bróga nua, snáithe, peann cnó, dhá phéire luchtairí gan olc, scáthán bearrtha gan rásúir, dhá phéire lásaí síoda, ceann amháin nuanced agus an ceann eile dubh, comhad iarainn , pláta beag cré-earraí, seanleabhar le Don Quixote de la Mancha, roinnt seanpháipéar ina bhfuil roinnt ceantanna deachún, tobair dúch, pitcher cré-earraí agus peann luaidhe.

Ansin chuaigh siad ar aghaidh chun an namhaid áirse-choiriúil agus poiblí uimhir a haon de Shira a ghabháil agus a chur i bpríosún láithreach, Francisca Cuestaza ailias an fraochÚn naofa, a chuir geimhle uirthi láithreach.

Ina admháil, dúirt Francisca gurbh é a ainm iomlán Francisca de Paula Cuestaza Isabelina An Séú Déag de Ríocht na gCúige Gran Palacio agus de la Fuente agus de la Peña agus ainmneacha agus sloinnte eile a seantuismitheoirí, a sean-sheantuismitheoirí agus a seanmháithreacha garpháistí. Fágadh gach duine lena mbéal oscailte nuair a dúirt siad a leithéid d'aitheantas, agus rinne siad murmured, an bhean seo, leis an ainm deireanach sin go léir agus chomh híseal gur thit sí, sin a dúirt a naimhde, a hiar-leannáin?

Dúirt an t-áirse coiriúil agus an namhaid poiblí uimhir a haon de dhaonra Shira, Francisca Cuestaza aka an fraochÚn naofa, a bhí ina comharsa le Shira, gurbh í údar an leabhail i gcoinne roinnt oifigeach baile. Ach gur stiúir sé saol onórach ó rugadh é, gur bhain sé le ceann de na teaghlaigh is fearr i Shira, nach bhfuil sna líomhaintí eile ina choinne ach toradh an éad a bhí ar chuid acu agus fuath ag cuid acu as gan aontú gnéas a bheith acu leo, ach go bhfuil sí beagnach naomh, agus níl sí mar gheall go gcaithfidh siad a Haló a fheiceáil, ach dúirt siad léi go mbíonn cuma Halo uirthi ag meán lae uaireanta.

Tá ráitis an áirse choiriúil agus namhaid poiblí uimhir a haon de Shira, Francisca Cuestaza, aka an fraochÚn naofa, suimiúil mar bhí sé ag an nóiméad sin nuair a thosaigh sí ag cúisiú níos mó daoine a bhí bainteach le hullmhú an leabhail. Chuir sé an saoránach Ritú Marinombo in iúl go díreach mar an duine a dhear focail an leabhail.

D'fhiafraigh siad dó ar íocadh leis an scríbhneoireacht a dhéanamh. Tá sé anseo nuair a dhéanann sé cúisí ar chomhchoirí eile agus luaigh sé an tUasal Johann del Castillo y Ballestos a thug sé druma dó, luaigh sé Jocondo Medina freisin mar dhuine eile díobh siúd a raibh baint acu le hábhar an leabhail. Faoi dheireadh, fiafraíodh dó an raibh aon chúis dhearfach aige faoi amhras faoina thuairim faoi na hábhair a luaigh sé sa leabhal, nó ar thug sé faoi deara sna cúiseanna seo roinnt cúiseanna nó míshástacht aitheanta leis an gcúis réabhlóideach agus mhíleata díreach.

 Go dtí seo ghlac an próiseas breithiúnach trínar osclaíodh an t-imscrúdú i dtosach, a bhain leis an gcoir leabhal a scríobh, cas radacach nuair a foghlaimíodh gurb é an namhaid áirse coiriúil agus poiblí uimhir a haon de Shira, Francisca Cuestaza, ailias an fraochÚn naofa, ní dhearna sí gníomhú ina haonar, ach triúr carachtar nach raibh an-aithne orthu i Shira, ba lú a rá, máistrí an leabhail agus bheadh impleachtaí eile aige seo sa phróiseas coiriúil.

 Go tobann tháinig an t-áirse coiriúil agus namhaid poiblí uimhir a haon de Shira, Francisca Cuestaza, aka an fraochÚn naofa, mar chineál finné réalta ós rud é tar éis an tsaoil gur saoránach Shiriach í a raibh aithne mhaith ag a háitritheoirí uile uirthi a bhí beagán níos mó ná céad duine .

Cé go raibh baint ag Ritú Marinombo leis an gceann eile, bhí Johann del Castillo y Ballestos agus Jocondo Medina ina gcónaitheoirí ó réigiúin eile agus is beag a raibh aithne ag muintir Shira orthu. Cén fáth ar leomh daoine áirithe nár bhain le muintir Shira leabhal a scríobh? Cad a bhí ar intinn agus cén cúlra a bhí ag na daoine uaisle seo? An mbeadh níos mó daoine páirteach taobh thiar de na carachtair seo? An raibh an réabhlóid mhór mhíleata faoi bhagairt? Ar comhdhlúthaíodh an réabhlóid?

D'ainneoin focail mhisniúla an namhaid áirse-choiriúil agus poiblí uimhir a haon de Shira, Francisca Cuestaza, ailias an fraochÚn naofa, nuair a dúirt sí ina ráiteas nach raibh sí ar an eolas go ndearna na daoine a bhí i gceist níos mó coireanna sa chiall go ndearna siad nó a íocadh I scríbhinn chun iarracht a dhéanamh ar bhealach ar bith i gcoinne na n-institiúidí míleata, lean an breitheamh air ag iarraidh ar an namhaid áirse coiriúil agus poiblí uimhir a haon de Shira, Francisca Cuestaza, an fraochÚn naofa a rá:

Má tá a fhios agat cá as a bhfuil an triúr ainmnithe, Ritú Marinombo, Johann del Castillo y Ballestos agus Jocondo Medina ina gcomharsana, agus cén stádas atá acu, d'fhreagair sí gur as stát pósta i mbaile comharsanachta Napala é Ballestos inar rugadh agus tógadh é , go bhfuil an Medina, as stát amháin a dhéanann neamhaird den bhaile as a dtagann sé, agus go bhfuil an Marinombo, singil agus comharsa le Napala freisin.

Nuair a fiafraíodh di cén cinniúint, slí bheatha, nó cleachtadh a bhí ag an triúr seo ar an mbaile seo, agus cén iompar agus an bealach a bhí acu le hiompar, d'fhreagair sí gurb é an Ballestos, a chleachtadh mar cheannaí, go ndéantar a iompar a shocrú. Is é an cleachtas sin atá ag Medina mar dhíoltóir míochaine, gur thug sé roinnt scannail le Francisca Zuletaza ina bhfuil iníon aige. Go n-oibríonn an Marinombo mar sheodóir agus go ndeirtear go gcothaíonn sé lovers sa bhaile seo, ba chúis leis an gcuid seo den ráiteas conspóid i measc gach duine a bhí i láthair, a bhí go bunúsach mar an baile ar fad.

Agus dúirt sé gur chuala sé freisin go raibh róil casta ag an triúr carachtar, agus go bhfuil comhcheilg beartaithe acu ó thosaigh an réabhlóid mhíleata, agus gur bhuail siad le chéile uair sa tseachtain sna háiteanna thíos ina raibh an feirm ina raibh siad ina gcónaí.

Nuair a d'fhiafraigh sé den chónaitheoir arís, cad a bhíonn ar marthain aige agus cén cleachtadh a bhí aige le cothú laethúil a fháil, d'fhreagair sí go raibh ceannaí aige roimhe sin agus go dtacaíonn sé leis an bpeann inniu agus éadaí fuála agus é ag obair ina theach. .

Gabhadh agus cuireadh i bpríosún Johann del Castillo y Ballestos, Jocondo Medina agus Ritú Marinombo, ansin gabhadh a gcuid sócmhainní go léir. Go dtí seo, ba cheart Francisca Cuestaza a choinneáil sa phríosún, mar bheart coisctheach ar a laghad.

Ba é Ritú Marinombo an chéad duine a tháinig os comhair an bhreithimh agus na bhfinnéithe, mar a gabhadh ag a ceathair tráthnóna. Chuaigh an breitheamh, leifteanantchoirnéal na bhfórsaí armtha Josefo Vicentino Ferdinand, ar aghaidh an lá céanna sin go dtí an ceistiú, shéan an duine a raibh amhras faoi Marinombo na líomhaintí gur chuid den choimre é agus dhearbhaigh sé gurbh iad Francisca Cuestaza, Johann del Castillo y Ballestos agus Jocondo Medina na húdair. , Marinombo Níor admhaigh sé ach go bhfaca sé imeachtaí an choimre agus go raibh a fhios aige cad a bhí i gceist leis.

Fiafraíodh de Marinombo cad ba chúis nó cúis leis an leabhal, bhí freagra Marinombo pléascach agus corraitheach mar gheall ar chomh neamhghnách, mearbhall agus gan choinne a bhí sé:

 Go bhfuil seachtar ban brudrenian sa tír seo, agus gur náisiún anaithnid í seo agus contrártha lenár gcóras, agus go bhfuil bealach isteach aici i dteach an choirneal leifteanant sna fórsaí armtha.

Chuirtear: Cén chúis nó an t-amhras a chuidíonn leis agus leis an gcuid eile de na Brudrenians sin. Má tá a fhios acu go bhfuil siad contrártha leis an gcúis nó ceannairceach lenár rialtas ceannasach agus dá bhrí sin má tá a fhios acu nó má thoimhdíonn siad tá tionchar acu sa réimse polaitiúil nó míleata. Má bhí aon diúscairt sa chúirt nó ag aon duine de na daoine, bíodh sé ina fhear nó ina bean, amhrasach nó tá sé amhrasach, agus tacaíonn sé sin le meon na Brudrenians sin nó iad a chosaint ar iniquities.

D'fhreagair Ritú Marinombo: Nuair a d'imir sé an ról nó an leabhal ní raibh sé aineolach go raibh nuacht ag rialtas ceannasach Yorka faoi áit chónaithe na seachtar ban Brudrenian ar an mbaile seo, go ndéanann sé a admháil inniu go bhfuil sé fíor go bhfuil an rialtas ceannasach nach bhfuil aineolach ar na daoine réamhráite seo ina gcónaí ann. Nach eol dó, ní fhaca sé rialú a d'eisigh an chúirt, go polaitiúil nó go míleata, a thacaíonn leis na mothúcháin a d'fhéadfadh a bheith acu seo, a thug foláireamh dó roimhe seo, go bhfuil a gcinntí críonna, cothrom agus eagraithe , tipiciúil de bhreitheamh éad agus leannán na tíre.

Chuirtear: Má tá a fhios agat nó má tá nuacht agat go ndearna na mná Brudrenian seo an ócáid seo, nó coir in aghaidh na tíre roimhe seo, ionsaí i gcoinne na réabhlóide nó cion coiriúil eile.

D'fhreagair Ritú Marinombo: Nach eol dó ná nár chuala sé go ndearna a leithéid de mhná Brudrenian coir in aghaidh an tír dhúchais, i gcoinne na réabhlóide nó aon chion coiriúil eile.

Chuirtear: Má chabhraigh tú le leabhal eile a fhoirmiú a ionsaíonn oifigigh rialtais nó a bhfuil idé-eolaíocht de chineál éigin ann i gcoinne na réabhlóide, nó an bhfuil a fhios agat go ndearna na daoine eile é.

D'fhreagair Ritú Marinombo: Níor chuidigh sé, ná níl a fhios aige gur chruthaigh siad leabhal eile a ionsaíonn oifigigh rialtais nó a bhfuil idé-eolaíocht de chineál éigin ann atá contrártha leis an réabhlóid.

Chuirtear: Cé mhéid a thuill Francisca Cuestaza as an scríbhneoireacht, agus an ndearna sé féin nó na daoine eile an íocaíocht.

D'fhreagair Ritú Marinombo: Níor íoc sé leis ná ní raibh a fhios aige gur íocadh é.

Ní mór a chur san áireamh, nuair a thagraíonn Marinombo do theach Bhreitheamh Leifteanantchoirnéal na bhFórsaí Armtha, ní mór a thuiscint gurb é a oifig féin é. Leis na heilimintí seo den bhreithiúnas, bhí cúiseanna leordhóthanacha ag an mbreitheamh chomh maith leis an gcuid eile de na húdaráis shibhialta agus mhíleata, is é sin, an t-aon phóilín agus an bheirt shaighdiúirí a bhí armtha le bata agus na cónaitheoirí eile, ós rud é go raibh sé ar eolas go raibh ar fud na críoch

Yorka Bhí foinsí tacaíochta tábhachtacha ann fós do na frith-réabhlóidí agus go raibh réimsí ann a bhí fós le míliste frith-réabhlóideacha.

Chuaigh an breitheamh, gan am a ghlacadh chun sosa, ar aghaidh láithreach chun duine eile den chúisí a cheistiú, Johann del Castillo agus Ballestos an uair seo. Chabhraigh a gcuid freagraí le roinnt solais a chaitheamh ar na fáthanna a ndearna siad an leabhal, cé gur laghdaigh siad a rannpháirtíocht sa scríbhneoireacht. Ní raibh Ballestos, murab ionann agus Marinombo, aineolach ar na cúiseanna lena ghabháil.

 Nuair a chuir an breitheamh ceist air faoina rannpháirtíocht sa choimre athlastach, d'fhreagair Ballestos:

Sin an séú lá is fiche de Quartidi na bliana 879282719826-HWOP-IIII, agus é i mbun gnó Ricardo, luaigh áitritheoir an bhaile seo gur mhaígh Leifteanantchoirnéal Manuelini Carpentier agus a chompánach gur tírghrá maith iad, agus go raibh siad ag iarraidh an uimhir a fháil amach de mhná Brudrenian. bhí sé sin ar an mbaile seo. Leis an gcúis seo mhol an Medina go raibh sé go maith cúis gonta a thabhairt dóibh sin a dúirt an Brudrenian.

 Gur aontaigh an t-admháil agus Medina nóta a dhéanamh ar phíosa páipéir, é a chur ar aghaidh chuig an ábhar sin ionas go bhfeicfeadh sé líon na escutcheons a bhí ann, agus, ag machnamh go raibh lámhscríbhneoireacht an admháil agus sin de Ní raibh Medina inléite, shocraigh siad glaoch ar Francisca Cuestaza ionas go bhféadfadh sí, amhail is go raibh lámhscríbhneoireacht shoiléir aici, an nóta sin a dhéanamh.

É sin ráite ní fhéadfadh Cuesta tabhairt isteach an pháipéir a chur ann, agus d'aontaigh siad Ritú Marinombo a ghlaoch idir an triúr ionas go bhféadfadh sé an ról a dhearbhú.

É sin ráite rinne Ritú Marinombo tagairt dó, ach amháin sa mhéid a bhaineann leis an bpost-scríbhinn a labhraíonn i gcoinne údaráis shibhialta agus mhíleata Shira, Khartuma agus Yorka, nach ndúirt ach go raibh páirt ag Francisca Cuestaza ann.

Gur chuir na daoine eile brú air é a chur isteach, rud a thug air a fheiceáil nach bhfeicfeadh aon rud dóibh d'fhonn an méid a cuireadh in iúl, agus gurbh fhearr an páipéar a chuimilt, agus ceann eile a dhéanamh, nach raibh aon phost-phost den sórt sin le feiceáil ann.

Gur fhreagair an Cuestaza thuasluaite é seo, nár scríobh sé páipéar eile, a bhí i bhfeidhm cheana féin, ar eagla go ndéanfaí an leabhal a phoibliú go dtacódh sé leis.

Sa fhreagra seo, shoiléirigh Juan de Dios Ballesteros go bunúsach an chúis le bunús an leabhail agus na cúiseanna a spreag iad chun an litir a scríobh. D'fhéadfadh sé a bheith ina neamhchlaonadh ag na daoine a bhí bainteach leis, d'fhéadfadh an scríbhneoireacht a bheith teoranta do dhúshlán a thabhairt d'eolas an Choirnéil Manuelini Carpentier faoi líon na mban Brudrenian a bhí i Shira nó faoin daonra i gcoitinne, b'fhéidir, bhí siad teoranta dóibh féin faisnéis de chineál éigin a dhéanamh.

Ach ar chúis éigin tharla sé dóibh cáineadh a scríobh i gcoinne roinnt údarás, agus seo rudaí a bhí casta, mar gheall ar na cúinsí ina bhfuair na húdaráis mhíleata iad féin, sa chiall gur réaltacht bhuan í an bhagairt frith-réabhlóideach agus as sin bhí an réabhlóid mhíleata i mbaol, rinne an cineál seo faisnéise, bolscaireachta nó leabhail ábhar imní do cheannairí áitiúla.

Lean Ballestos ar aghaidh lena chuid freagraí, maidir leis seo iarradh air: Dá mbeadh a fhios aige nó rabhadh gur ionsaí i gcoinne onóir údaráis shibhialta nó mhíleata Shira, Khartoum nó Yorka an gan ainm.

D'fhreagair Johann del Castillo y Ballestos:

Nach ndearna sé faoi deara i gceann amháin nó i gceann eile.

Iarrtar ort: má thug tú faoi deara nó amhras ort faoi aon mhailís sa chúirt nó in aon áitritheoir i Shira, i do chinneadh, sa pholaitíocht agus san arm, má rinne tú scrúdú ar aon mhíshástacht maidir le cosaint ár linne. cúis, nó le cinneadh éigin, go ndearnadh a nósanna imeachta amhrasach, nó tíoránta, ag déanamh mí-úsáide, pionóis agus damáistí éagóracha orthu siúd atá ag dlínse nó ag nósanna imeachta daoine eile.

D'fhreagair Johann del Castillo y Ballestos:

Nach bhfuil foláireamh tugtha aige san am a bhfuil sé ar an mbaile seo, ná nár chuala sé rud éigin a dúradh i gcoinne imeachtaí na cúirte a chreideann dea-shocrú agus géire an cheartais sa pholaitíocht, ná san arm, ná nár scrúdaigh sé ansin is cúis é go bhféadfadh amhras, rabhadh, nó droch-chomhlíonadh a bheith ann sa bhaile nó sa chúirt go bhfuil a fhios aige, ón méid a rinne sé a scrúdú agus a chuala roinnt daoine ag caint, an tírghrá géar atá mar thréith ag áitritheoirí Shira.

Nach bhfuil sé ar an eolas faoi, ná nár chuala sé é á rá go bhfuil príosúnaigh éagóracha ag na háitritheoirí nó go gcuireann siad cíoch nó díothacht a gcuid maoine, a raibh taithí aige orthu sna comharsana agus sna daoine a théann thart.

Cén fáth a seasann tú a bheith amhrasach má bhí an fhéidearthacht éillithe i gcuid d'oifigigh an rialtais? Bhí an fhéidearthacht ann, ó d'fhan mothúcháin dílseachta don réabhlóid mhíleata i measc roinnt lonnaitheoirí Sharianacha gníomhach ar bhealach éigin ach ciúin agus d'fhan na cúigí sin mar Omana nó Fortula scoite amach ar an gcúis seo.

Fiafraíodh de Ballestos arís:

Cé a thóg an páipéar i lámha an choirneal leifteanant, má díríodh air an lá céanna a rinneadh é agus cé mhéid a thuill an té a fuair é, cé a rinne an íocaíocht nó cé a rinne é.

D'fhreagair Johann del Castillo y Ballestos:

Gur thug an páipéar é i lámha an choirneal leifteanant sin, ar labhair na brudrenianas leis roimhe seo. Gur iarr Francisca Cuestaza 300 druma ar a cuid oibre, gur chóir go mbeadh deich brístí agus cúig blúsléinte eatarthu uile. Dúirt an Jacondo Medina sin gur leor trí chumhrán agus éadach maith. D'fhág sé ina dhiaidh sin an t-admháil 500 iasacht ar iasacht nár thug sé dóibh ar choinníoll filleadh toisc gur mheas sé nár tugadh ar ais riamh iad agus go ndearnadh seachadadh an pháipéir an lá céanna a rinneadh é.

Tugann gach rud le fios gurb é gnó Ricardo an suíomh stuama inar pléadh gach cineál ábhar agus inar nochtadh na tuairimí éagsúla, ba é an áit a mheas siad a bheith oiriúnach inar tháinig na daoine a raibh baint acu leis an bpróiseas breithiúnach seo le chéile. Agus is as sin a scríobhadh agus a seoladh an leabhal a chruthaigh an oiread sin conspóide agus imní.

Bhí an chéad cheist eile a chuir an breitheamh ar Ballestos chomh nochtach agus soláthraíonn sé sonraí faoi réigiún Khartoum, chomh maith le gnéithe ginearálta de Yorka agus an domhan aisteach ar fad. B'fhéidir nach i Shira a bhí an bhagairt i gcoinne na réabhlóide míleata ach i mbaile éigin eile, b'fhéidir gur bealach eile é chun brú a chur ar an gcúisí. Is é fírinne an scéil go raibh an fhaisnéis a chuir an breitheamh ar fáil san idirphlé seo de chineál riaracháin.

Fiafraíodh de Ballestos:

Má tá a fhios ag mná na Brudrenian sa dlínse seo go bhfuil aon tionchar acu ar na húdaráis shibhialta nó mhíleata i mbaile Shira seo, nó má léirigh siad disobedience, éirí amach nó míshástacht le rialtas ceannasach Yorka trí dhoiciméid nó trí chuideachtaí eile, má tá siad scannalach , díobhálach, comhcheilgeach nó neamhbhríoch, más fíor gur údaraigh muintir Shira trí huaire an captaen mílíste Tomasini de la Mora Puerta del Perpetuo Socorro, mar sheachvótálaí toghcháin chun a fheidhmeanna maidir le hionadaí a cheapadh i lár Khartoum .

Iarradh air freisin:

Má tá a fhios agat go maith gur shoiléirigh agus d'iarr roinnt áitritheoirí Sharian captaen na mílíste seo Tomasini de la Mora Puerta del Perpetuo Socorro, agus má ghlac mise (breitheamh agus leifteanantchoirnéal Manuelini Carpentier) seilbh ar cheannas na cathrach seo bhí sé cheana féin ar feadh i bhfad d'fheidhmigh sé feidhmeanna captaen, trí sholáthraí níos fearr a dhearbhaigh ár rialtas ceannasach ina fhabhar.

D'fhreagair Ballestos:

Nach eol dó go bhfuil tionchar ag mná na Brudrenian i Shira ar ghnóthaí na dlínse seo, ná go bhfuil siad treascrach nó contrártha le cúis na réabhlóide míleata, nó go bhfuil páipéir scríofa acu i gcoinne an chórais, nó ag baint úsáide as ábhair pholaitiúla eile . Nach bhfuil siad neamhbhríoch, réabhlóideach agus scannalach ach an oiread. Go bhfuil a fhios agat gur toghadh captaen na mílíste Tomasini de la Mora Puerta del Perpetuo Socorro dhá nó trí huaire ón gcomharsanacht mar a seachvótálaí, agus freisin an té a chomhlíon a dhualgais go maith, rud a d'fhág go raibh an Breitheamh agus an Leifteanantchoirnéal Manuelini i láthair Ghlac Carpentier seilbh ar an gcathair seo mar chaptaen cogaidh, agus bhí Tomasini ann mar chaptaen ar an mhílíste seo.

I láthair na huaire, chuir freagraí Ballestos suaimhneas beag ar an mbreitheamh, d'fhéadfadh go gciallódh an t-amhras go raibh amhras air faoi oifigeach eile mar Tomasini de la Mora Puerta del Perpetuo Socorro, cé gur fhan an suaimhneas i Shira, go raibh sé i ndáiríre socair.

Ba é an chéad duine eile a ghlac an seastán ná Jocondo Medina a d'admhaigh gur chomharsa Omana é, gur post fear eallaigh é, agus a thug le fios do Ritú Marinombo mar an t-údar a d'eisigh an leabhal agus Francisca Cuestaza mar údar an phoist. Tá pointe coitianta sna admhálacha seo agus is é sin gur aontaigh an triúr an leabhal a sheoladh mar a scríobhadh é.

 Go bunúsach, bhí freagraí Jocondo Medina cosúil le freagraí na gcosantóirí eile, leis an difríocht a dhearbhaigh Jacondo Medina gur captaen na mílíste Tomasini de la Mora Puerta del Perpetuo Socorro, a toghadh trí huaire ag muintir na Sharian do chineál Boird de chuid an rinne stát Khartoum a fheidhmeanna riaracháin agus rialtais go dílis.

 Go dtí seo, níor cuireadh aon amhras faoi Chaptaen Tomasini de la Mora Puerta del Perpetuo Socorro nó aon oifigeach míleata nó oifigeach poiblí eile i leataobh ar thaobh amháin, agus go raibh cobhsaíocht shóisialta agus pholaitiúil, sa réigiún seo de Stát Fhlaitheasach Yorka ar a laghad, bhí sé socair.

Rinneadh na ráitis go léir a rinne na cosantóirí an lá céanna, agus mar sin b'éigean na himeachtaí breithiúnacha a sheoladh níos mó nó níos lú go gairid agus go dtí go déanach san oíche. Bhí ar fhinnéithe saineolacha an phróisis iomláin, na húdaráis agus fiú an cúisí fanacht an-aireach ag an am sin gan a bheith in ann sosa go dtí go gcinnfí a staid.

Ritheadh roinnt laethanta, taifeadadh sna cáipéisí é mar an 17ú de Thermidini na bliana 879282719826-HWOP-IIII mar leanúint den phróiseas breithiúnach. Ó tharla go raibh tromchúis na trialach imithe ó chineál foláirimh dhearg go foláireamh buí, ba é an tUasal Ballestos an chéad duine a d'iarr parúl go foirmiúil faoi na téarmaí seo a leanas. Ba chóir a mheabhrú go ndearnadh an iarraidh ar bhreitheamh eile darb ainm Josefo Vicentino Ferdinand a bhí ina choirneoir leifteanant ar na fórsaí armtha ag an am céanna.

Ballestos dá dtagraítear sna téarmaí seo a leanas:

Leifteanantchoirnéal na bhFórsaí Armtha Josefo Vicentino Ferdinand. Mise, an tUasal Johann del Castillo y Ballestos, saoránach de chuid an Stáit Fhlaitheasaigh seo de Yorka, a cuireadh i bpríosún sa phríosún poiblí seo le hordú uait, le mo ghnáth-mheas agus de réir an dlí atá romhat, láithriú agus a rá:

Trí bhíthin na hoifige faoistine seo inniu, mar thoradh ar an achoimre a bhfuil nuacht agam faoi, lean do chúirt ag gealladh dom cothromas agus maitheas do chroí magnanimous, deirim leat, agus aird á tabhairt agat ar an damáiste a d'fhéadfadh a bheith ann is maith liom na hintinn is pearsanta atá acu chun ordú a thabhairt dom go scaoilfear saor mé ó bhannaí, agus tráchtanna dlí a chuirim i láthair na gcaptaein Josefini Tafura agus Juz de la Hueca, faoi réir íocaíochta agus i gcomhréir le bheith mar sin, ina bhfuil cúis a thabhairt duit agus a bheith inghlactha duit iarraim ort an iarraidh seo a dheonú dom ag agóid in aghaidh mailíse nár cruthaíodh agus an dea-iompar riachtanach.

Tá an líne dheiridh a léann agóidíocht ar mhailís nár cruthaíodh agus a bhfuil riachtanach le haghaidh dea-iompair mar chuid de phrótacal na litreach, b'fhearr léi foirmiúlacht dhlíthiúil ach an-éifeachtach ós rud é go raibh na captaein a luaitear mar ráthóirí ar an iarraidh nó an iarraidh ina dteannta déanta don bhreitheamh. Ní mór a mheabhrú go raibh na hoifigigh seo siombalach, ós rud é nár sháraigh údarás Shira póilín amháin agus beirt shaighdiúirí a bhí armtha le bataí beaga.

Bhuel, le háthas Ballestos, d'ordaigh an breitheamh é a scaoileadh saor ach le coinníollacha áirithe agus ag soiléiriú go raibh an próiseas breithiúnach ina choinne fós ar siúl. Ansin chuaigh Jocondo Medina ar aghaidh chuig an iarraidh chéanna ar pharúl ar bhannaí agus deonaíodh a iarratas freisin.

 A mhalairt ar fad, bhí staid dlí Francisca Cuestaza an-chasta toisc gurbh í an té a léiríodh mar údar an phoist, mír bheag a thagair, de réir cosúlachta, do fhrith-réabhlóid chun an réabhlóid mhíleata i Yorka ar fad a dhíchobhsú agus a chuir na húdaráis in iúl. fuath agus díoltas, i dteannta iad a chúiseamh as a bheith ina ndaoine a sháraigh ionracas na mban maith, na mban Sharian naofa a chomhlíon siad a ndualgais mar mhná céile dílis ina dtithe agus go bhfuil a gcuid pá mí-úsáid agus go ndéanann na húdaráis rud ar bith faoi seo.

 Is sa chomhthéacs seo a luaigh Francisca Cuestaza:

 Breitheamh agus Leifteanantchoirnéal Josefo Vicentino Ferdinand:

Mise, Francisca Cuestaza, saoránach de stát Khartoum seo agus nótaire deachúna de seo, os do chomhair, leis an meas is fearr is dóigh liom agus deirim: Go bhfuil an nuacht sroichte agam le Jocondo Medina, gabhadh liom ar mo mhaoin é sin cosúil leis na saoránaigh eile sa dhruid páipéir gan ainm a oibríonn ar an gcúis a leanann sinn, cuirim an milleán orm a fheiceáil gurbh mise an duine a scríobh agus a shínigh an post-phost i gcoinne onóra agus tírghrá íon agus dílseachta na n-údarás sibhialta agus i gcoinne áitritheoirí seo Daoine Sharia, agus ag soiléiriú gur bean naofa dílis mé a chomhlíonann mo dhualgais agus oibleagáidí i mo theach, le fórsa spreagtha mo choinsiasa deirim:

Sin sa bhreis ar an méid a nocht mé le mo admháil ghinearálta ar na hábhair ar ceistíodh mé fúthu, nach bhfuil aon bhaint agam leis na hamhrais a léirítear ansin i gcoinne Tomasini de la Mora Puerta del Perpetuo Socorro thuasluaite, agus más ea Tá a ndílseacht don réabhlóid mhíleata iomráiteach, agus sa chás nach dtéann aon rud eile ar aghaidh ach spreagthaí a chéile agus ionas nach gcuirfidh aon fhinné i gcoinne an éagóirithe na nathanna a chuirtear i leith dom ón bpost-phost. Impím ort é seo a chur le cúis an ábhair agus a thabhairt dom, má tá sé agat, cibé duine a chonaic é i do stát, d'fheicfeadh sé an deis scaoileadh coinníollach a dheonú dom.

 Rinneadh ráitis Francisca Cuestaza agus a hiarraidh a rinneadh ar an mbreitheamh ar roinnt trócaire mar fhreagairt ar a aithrí le súil go bhféadfaí a cás a athbhreithniú agus mar sin éalú go cathair Everesta, príomhchathair mhór Yorka, áit a raibh na gníomhaireachtaí Slándála i bpríosún cheana féin roinnt ceannairí polaitiúla, lena n-áirítear Sherlaka, duine mór le rá ón bhfreasúra ó thosaigh sí ag cáineadh go hoscailte an rialtas deachtóireach trí na mí-úsáidí in aghaidh na mban agus na hionsaithe i gcoinne comhraic pholaitiúla a shéanadh go poiblí.

Ar a laghad, cuireadh a gcuid soiléirithe i gceangal leis an bpróiseas breithiúnach chun iad a chur san áireamh níos déanaí. Go deimhin, chuir Francisca Cuestaza a hiarratas foirmiúil faoi bhráid an bhreithimh mar seo a leanas:

"An tUasal Josefo Vicentino Ferdinand, breitheamh agus leifteanantchoirnéal:

Mise, Francisca Cuestaza, nótaire poiblí de stát Khartoum agus comharsa an bhaile seo Sharia, a cuireadh i bpríosún i bpríosún poiblí an bhaile seo le hordú uait ón tríú lá déag den mhí seo, i bhfianaise an lae sin, os do chomhair leis an is cosúil go bhfuil mé submissive agus deirim: Tar éis dom admháil a bhaint amach an chéad cheann eile le mo phríosún faoi fhíricí an achoimre ina raibh mé le bheith rea, agus tar éis pianbhreith cúpla cruicéad a leanúint, agus ar an gcúis sin rud beag tinn mo shláinte, agus gan aon fhéidearthacht cothú laethúil a fháil mura n-éascaím é le mo chuid oibre pearsanta, ná mura gcaithfidh mé é a sholáthar i ndáiríre, impím ar do chineáltas iomráiteach mo scaoileadh a shocrú faoi bhannaí mo dhearthásireacha dlisteanacha Ignacio agus Florentino José Vides, mar gheall air sin is cosúil i gcothromas agus i gceartas an ceann a dhéanann idirghabháil.Impím ort soláthar a dhéanamh agus a sheoladh mar a iarrtar ionas nach rachaidh mé ar aghaidh ó mhailís agus go bhfeicfidh mé an fhéidearthacht mo shaoirse a dheonú dom.

Faoi dheireadh, tar éis roinnt nósanna imeachta riaracháin, d'éirigh le Francisca Cuestaza a saoirse agus a cuid maoine pearsanta a coigistíodh a fháil ar ais, rud a chuir an breitheamh ar ais chuici tar éis iarraidh a fháil. Tharla an rud céanna leis an duine deireanach díobh sin a bhí bainteach leis, ba é Ritú Marinombo ar tugadh saoirse dó freisin.

Tugadh foláireamh do na cosantóirí nach raibh a scaoileadh saor coinníollach ach laistigh de theorainneacha Sharia, agus go raibh iompar de chineál an-tromchúiseach i gceist ina gcás ar chor ar bith mar gheall ar an gcion coiriúil a cuireadh i láthair agus nár cheart go mbeadh sé seo gan phíonós, rud a bhí riachtanach a réiteach é ar bhealach deifnídeach agus éigiontaithe.

Ach seo go léir a chuir tús le odyssey nua do Francisca Cuestaza, Johann del Castillo y Ballestos, Ritú Marinombo agus Jocondo Medina. Bhí a fhios ag an gceathrar a raibh baint acu leis an bpróiseas nár tháinig deireadh leis an triail go fóill agus gur lean na himscrúduithe lena ngnáthfhorbairt fad is a dúnadh an triail.

B'fhéidir mar gheall ar an gcruachás inar cuireadh na ceithre phróiseas breithiúnacha i gcrích agus go leor uaireanta mar gheall ar easpa duine ar an leibhéal intleachtúil maidir le heolas ar na dlíthe, go fóill, go dtí an nóiméad sin níor ceapadh ionchúisitheoir don chás. Ba ansin a shocraigh an breitheamh go raibh sé in am ionchúisitheoir a cheapadh a ghníomhódh de réir na foirmiúlachtaí dlí a bhunaigh Stát Fhlaitheasach Yorka.

Ba é an t-ionchúisitheoir ceaptha an saoránach Pedro José Vásquez, a chuir ar an eolas faoin gceapachán seo go foirmiúil gur ghlac sé roimh ré lena mhionn dílseachta do réabhlóid mhíleata Yorka. Lean an tIonchúisitheoir Pedro José Vásquez ar aghaidh ag fáil na gcomhad breithiúnach d'fhonn na prótacail a chomhlíonadh i ngach téarma den dlí, ag gealladh freisin go leanfaí ar aghaidh le déine an dlí.

Ba é an chéad rud a rinne an t-ionchúisitheoir Pedro José Vásquez ná an chúisimh leabhail a iompú ina chás fíor-thromchúis. Is é sin, chuaigh an próiseas breithiúnach ar ais go dtí staid airdeall dearg go dtí gur thosaigh na ceannasaithe míleata ard sa phríomhchathair Everesta ag cur spéise sa chás, go háirithe faoi aire an Ghinearáil Barneydo, ardchomhairleoir an rialtais deachtóireach, ach freisin faoi scáth Sherlaka agus Vienta, ceannairí polaitiúla.

Bhuel, is cosúil nach raibh ann ach go raibh fonn ar Francisca agus ar na cosantóirí eile litir a scríobh inar léiríodh an chuid dheireanach den nóta cáineadh sách láidir don ionchúisitheoir mar bhagairt dáiríre i gcoinne chobhsaíocht rialtais Fhlaitheas Stáit Yorka .

An amhlaidh toisc, seachas Cuestaza, gur as cathracha eile na cinn eile, go sonrach dhá cheann ó Napala? An raibh baint ag Francisca le grúpa ban reibiliúnach i gcoinne Yorka? An dtógfadh an rud ar fad tinge polaitiúil?

Is é fírinne an scéil gurb é seo a leanas preasráiteas oifigiúil an ionchúisitheora:

"An tUasal Josefo Vicentino Ferdinand, breitheamh agus leifteanantchoirnéal:

Dheimhnigh tionscnóir fioscach an cháis choiriúil seo na líomhaintí i gcoinne na gcoirpeach agus cuireadh Francisca Cuestaza, Johann del Castillo y Ballestos, Jocondo Medina agus Ritú Marinombo i bpríosún ar feadh fiche bliain as coirpigh agus údair an leabhail sceimhlitheoireachta. I bhfianaise gur bronnadh air, a deir sé, is cuma cé mhéid a rinne sé iarracht a bheith dílis ina admháil, níl sé i bhfolach ón aireacht seo, go bhfuil na foircinn a bhfuil siad dírithe ina leabhal orthu , chun onóir macúlach a dhéanamh agus iarracht a dhéanamh i gcoinne na réabhlóide míleata, chomh maith le tírghrá na n-údarás sibhialta agus míleata a chreideann tú leis an dílseacht agus an rath dílis sin i mbaile Shira a chreimeadh. De réir na scríbhneoireachta sin, tá amhras orthu fút féin agus fiú inár stát Khartoum agus mura amhlaidh atá,

Cén fáth, mar sin, nár ardaigh siad a n-achomharc ar bhealaí dlíthiúla, ag léiriú don

rialtas ceannasach na fíricí a dtagraíonn siad ann go míthreorach? Bíodh díomá

orainn, a Fho-uachtarán an Uasail, gur cruthaíodh na fir seo, is cuma cé chomh

neamhchiontach a bhíonn siad ina n-admhálacha agus ina líomhaintí, an ról an-

mhór a admhaigh siad idir na ceithre chomhchoirí, cuireann sé ina luí orthu as a

gcoir inghníomhaithe, is é réamhtheachtaí treascrach i ndáiríre maidir le decorum

agus slándáil cheann an chantúin, rud a d'fhéadfadh a bheith ina chúis le

gníomhartha diúltacha míchuí i gcoinne ainm naofa a phearsa.

B'fhéidir, ar an gcéad amharc, go mbeidh cuma meargánta air, ach má stopann

muid ar feadh nóiméid ag smaoineamh ar phrionsabail agus iompar na n-

áitritheoirí a mheas, níl aon amhras ach go ndeonófar an iarmhairt. Ina ról

clúiteach, ní chuireann siad muinín ar an mboss, ina n-admhálacha, admhaíonn

siad gan an blush is lú, níl an t-amhras is lú acu ortsa ná an chúis is lú le gearán a

dhéanamh gur sháraigh siad an ceartas, agus is lú fós a bhaineann siad taitneamh

as a gcearta daonna. Tá carachtar contrártha den sórt sin, éagsúil agus éasca, i

dteideal déine iomlán na bpionós a bhunaítear lenár ndlíthe a chur i bhfeidhm, i

gcoinne faicsinigh neamhdhíobhálach agus droch-siamsaíochta, mar gheall ar, gan

dul gan phíonós, na neamhoird sa phoblacht a ndearna roinnt réamhtheachtaí

ionsaí orthu sa chás. . "

Tá sé le tuiscint go bhfuil sraith eilimintí sna ráitis seo ón ionchúisitheoir a

thuigfeadh le chéile staid shóisialta agus pholaitiúil ní amháin Shira, ach críoch

iomlán Stát Fhlaitheasach Yorka. Ar an gcéad dul síos, bhí fachtóir an tírghrá bunúsach don réabhlóid, ó chiallaigh sé cobhsaíocht shochaí Shiria agus an chuid eile den phoblacht.

Chiallaigh ceistiú nó amhras fiú na n-údarás ceannasach nó aon duine faoina ndílseacht do chúis na réabhlóide míleata nach raibh go leor tírghrá acu agus ar an gcúis sin d'fhéadfaí a bheith in amhras faoi chomhcheilg nó insíothlú, nó go bhféadfaí aon ghníomh a rinne sé a léirmhíniú mar ionsaí ar an réabhlóid, is é sin, go ndearna sé ionadaíocht ar fhealltóir os comhair na sochaí agus os comhair na gcúirteanna poblachtach cur i bhfeidhm dian dlíthe ceannasacha.

Ar an dara dul síos, go raibh triúr acu sin as áiteanna eile, beirt níos cruinne ó Napala agus duine as Omana, d'fhéadfaí a léirmhíniú amhail is gur naimhde de chineál éigin a chuir duine eile iad. Nó níos measa b'fhéidir, go raibh Carazán agus a ghrúpa uafásach darb ainm Mujeres de Magenta taobh thiar den spiaireacht seo chun an staid mhíleata agus pholaitiúil i Khartoum a mheas.

I bhfianaise na dtéarmaí crua a ndearna an t-ionchúisitheoir tagairt dóibh, mheas Francisca Cuestaza gur bhain na réamhtheachtaí sin úsáid aisti agus gur mealladh de mheon macánta í, ós rud é nár inis siad a n-intinn di agus go raibh daoine aitheanta ann a d'fhéadfadh teacht salach ar a chéile. go leor líomhaintí morálta agus coirpigh a raibh sé faoina réir.

Dá bhrí sin, mheas sé go raibh sé ábhartha agus práinneach cosaint phearsanta a dhéanamh. Sa chosaint seo, dhearbhaigh Cuestaza gurb é an leabhal:

Beartaíodh téip a dhéanamh de na mná Brudrenian a chónaíonn ann, nár éirigh liom a chur isteach fós, agus ar an gcúis seo d'iarr siad ar Mariaca é a sheiceáil mar a fhíoraigh sí é, a n-aontaíonn a nochtadh le ceann Mariaca féin, ina bhfuil deir sé ag labhairt go docht gur shocraigh sé féin, Ballestos, agus Medina an páipéar atá i gceist, agus gur scríobh sé mé, ansin ní gá duit a bheith in amhras faoina chiontú sa chuid seo.

Is í an phríomh argóint a mhaígh Cuestaza ná nach raibh ann ach an ionstraim chun an leabhal a dhéanamh, ós rud é gurbh iad na daoine eile a cheap agus a dhear an scríbhneoireacht. Ghlac Cuestaza leis féin mar íospartach na dtrí eile a raibh baint aige leis, go dtí seo rinne sé iarracht cur i gcoinne líomhaintí an ionchúisitheora agus rinne sé achomharc arís ar ghlaineacht an bhreithimh chun a chosaint phearsanta a mheas agus a mheas.

 Ba í an straitéis a d'úsáid Cuestaza chun a chosaint a threisiú ná na téarmaí go léir a úsáideadh sna líomhaintí éagsúla a bhailiú i gcoinne na ndaoine a raibh baint acu leis an bpróiseas, mar shampla ionsaí a dhéanamh ar tírghrá saoránach neamhchiontach, nó amhras a bheith air faoi cheartas ceartais an tiarna breitheamh agus taobh na gcúisitheoirí a ghlacadh chun an triúr de dhaoine aonair mailíseacha agus mailíseacha a chúiseamh.

D'áitigh Francisca más rud é go raibh comhcheilg i gcoinne rialtas mhuintir Shira nó Stát Fhlaitheasach Khartoum ag am ar bith, go ndéanfaí é ar bhealach i bhfolach agus gan a dtoiliú. Lean Francisca Cuestaza lena ráiteas chun a cosaint a neartú trí roinnt fíricí tábhachtacha a nochtadh do shochaí Eabhrac.

 Ina ráitis, chuir Francisca leis:

Is eol dom, níos mó ná aon duine eile, gur nótaire deachún mé ón mbliain naoi gcéad déag is a cúig is fiche a ndearna mé a phost in am; gur chleacht mé in oifig an phinn, mar a scríobh mé fiú amháin i do chúirt sa mhéid a bhí iontu dom ó Thermidini na bliana seo caite, go dtí mí cheathrú na linne seo gur chuir mise ionat mar fhinné eisceachtúil tú Comhlachaím le Jon Alvo Castillano chun vótaí na ndaoine a toghadh ag na daoine chun ionadaí a cheapadh, i Frimarini na linne seo, nach dtugtar an cúiseamh seo ach de réir ár mbunreachta do dhaoine macántachta.

 Chuir an Francisca bainteach níos mó leis:

Tá a fhios go maith freisin gur thug mé an peann chuig an saoránach Bárbara Jiménez, chomh maith le cúrsaí earraí, mar a tharla i marbhlann a fir chéile nach maireann, a leanadh go seachbhreithiúnach go dtí gur cuireadh i gcrích é i Frimarini i mbliana. Ar an gcaoi chéanna a rinne mé marbhlann a fir chéile nach maireann don saoránach Josefa Campo, a thuigtear ag an am céanna i muinín an tsaoránaigh Josefa Brioso go príomhchathair Stáit Khartoum.

Go dtí níos mó ná seo, comhfhreagras a lán ceannaithe faoi seo a ghlacadh, agus fiú cuid de na taispeántóirí céanna. Níl sé i bhfolach uathu seo go ndéanaim roinnt ama go príobháideach i mo theach ag fuáil, ag tarraingt, i measc scileanna eile a sholáthraíonn mo chuid faisnéise.

Ní bheidh aon duine in ann a shéanadh gur thiomnaigh mé mé féin freisin chun amhránaíocht a fheidhmiú i bhfeidhmeanna na heaglaise naofa seo, aifreann na mbráithreachas, daoine eile, altars adornacha a cheiliúradh sna féilte. Roimhe seo, bhí mé i mo cheannaí ceannaíochta ar an bpríomhchathair Everesta, gur bhris mé

suim shuntasach le bainistíocht rialta go dtí gur bhris mé suim shuntasach sa

bhliain YYAHSG7162, mar gheall ar chaill mé mo chuid spéiseanna i measc roinnt

daoine faoi seo baile, agus é ar cheann acu, agus an ceann leis an méid is airde,

an Castillano thuasluaite a bhain mé leas as forlíonta arbh fhiú cúig chéad

triomach é, rud nár shásaigh mé fós go mbíonn sé go rialta mar a bhí agam le

roinnt laethanta. cuid éigin díobh a bhailiú, agus is leor é seo domsa ionas go

bhfaighidh mé leis an gcuid eile go bhfaighidh mé mo chuid oibre pearsanta agus

mo thionscal

Más gnáth do dhaoine mar Francisca Cuestaza taisteal go dtí an phríomhchathair

Everesta, ciallaíonn sé seo freisin gur gnách do cheannaithe taisteal ón

bpríomhchathair mhór Everesta nó ó bhailte eile go Shira. Tugann gach rud le fios

go raibh scríobh le conarthaí mar chuid d'obair laethúil Francisca mar chomhlánú

ar a cuid post.

 Maidir leis an dáta a léirítear mar mhí Frimarini ina raibh Francisca fós ag obair, ní

mhínítear ach toisc go ndearna sí an obair ar mhaithe leis na riachtanais

chothaithe a cuireadh faoina bráid agus í i bpríosún ar an lámh amháin Agus cúis

eile leis go raibh dul chun cinn maith déanta ar an bpróiseas breithiúnach cheana

féin, ós rud é go luaitear mí Thermidini cheana féin mar bheart leantach ar an triail.

 Ó ráitis Francisca is féidir a shuíomh gur bhunaigh Omana é féin ní amháin mar

phríomhchathair Stát Fhlaitheasach Khartoum ach freisin mar thagarmharc

tráchtála, sóisialta, cultúrtha agus polaitiúil na Eabhrac i sean-rialtas agus sa rialtas

poblachtach. Tá sé, tar éis na réabhlóide míleata.

Sa chiall seo, is léir tar éis na réabhlóide míleata, go raibh struchtúr maith ar eagrú riaracháin Stát Fhlaitheasach Khartoum i dtéarmaí a dhaonraí, mar Shira, na cúirteanna, a arm, a gheilleagar agus a thíreolaíocht shóisialta. .

Níor ghéill Francisca, os a choinne sin, lean sí uirthi ag nochtadh a stair pholaitiúil agus shóisialta féin go tuisceanach laistigh de dhaonra Shiria. Ar an ócáid seo rinne Cuestaza athnuachan ar a chuimhne agus chuir sé cúisí ar an dara leifteanant den mhíliste an Captaen Claroni Palacete, ar cosúil gur luaigh sé Francisca go seachbhreithiúnach mar dhuine de na tionscnóirí a raibh leabhal eile scríofa aige ag an am, agus chun a chuid líomhaintí a thuairisciú chuir sé síos uirthi mar scannalach. Dúirt Francisca, chun tacú lena focail:

Thug an lucht féachana ag an féasta a reáchtáil Claroni Palacete ag an teach chun an lá breithe a cheiliúradh, cuireadh dom le roinnt cairde. Inis don chór d'oifigigh mhíliste an chúis seo freisin toisc go bhfaca siad iad féin go beacht ag teacht le chéile, agus gearán a dhéanamh leis an gceannasaí, do réamhtheachtaí, as leabhal athlastach a tháirg sé i gcoinne leifteanant an tríú cuideachta le rannpháirtíocht an iomláin comhlacht ar spreag a chúis é chun ionsaí a dhéanamh ar an rialtas réabhlóideach.

 Taispeánann scéal pearsanta Francisca, a leanann ar aghaidh, cúlra teaghlaigh shochaí Eabhrac ag tús an 20ú haois, an saol príobháideach sin a mbíonn sé deacair a shamhlú go minic agus gur gá a urramú agus tú ag fite fuaite le cáipéisí an ama , rud a fhágann gur féidir an saol laethúil agus iompar aonair a léirmhíniú maidir leis na cásanna sóisialta a bhí ceadaitheach nó a cáineadh, i measc go leor sonraí eile.

Go bunúsach is é a rinne Francisca ná a cás a chur i gcodarsnacht, rud a chiallaigh go raibh mion-rannpháirtíocht ann toisc nach raibh ann ach an t-uirlis chun an leabhal a scríobh, chun é a chur i gcodarsnacht le cás an Chaptaein Claroni Palacete a dhéanfadh rudaí níos tromchúisí agus a bhain taitneamh as an tsaoirse, mar sin Lean Francisca ar aghaidh ina ráiteas:

Go dtí an Pálás thuasluaite, agus é ag dul i bhfolach an oíche sin, agus le líomhaintí eile de mhná éalaithe gur ghnách leis na whores naofa a ghlaoch, chuaigh sé go dtí an phríomhchathair Everesta ón áit ar chomhdaigh an t-oifigeach roinnt gearán. Nach bhfuil na scannail arís agus arís eile a thug sé fiú lena bhean chéile, a ndearna sé drochíde orthu ar chúiseanna díobhálacha, ag ionsaí air go poiblí le hairm agus le clubanna? Maidir le go bhfuil sé sonraithe agat chuige seo na sráideanna droch-chumtha a thrasnú chun leas a bhaint as meas na mbreithiúna a agraíodh mar a rinne sé anuraidh le do réamhtheachtaí an Captaen Ortoro Quteco agus fiú san am i láthair os do chomhair a thug í go dtí mo theach agus ghlac mé an cinneadh iad a shlánú, agus in ainneoin éagóir agus mí-úsáidí éagsúla a dhéanamh, ag cur a gcáil go mígheanasach ar chúiseanna nach dtagraím dóibh mar ghránna agus mhígheanasach.

Mura ndéanann a bhean chéile díolúine óna beocht, í a chur i gcoinne ord agus dhualgais na dílseachta go hintinneach, agus buíochas cómhalartach idir na consorts, cé atá in ann a bheith díolmhaithe óna laige? Agus cad is féidir linn a bheith ina chúis le farasbairr den sórt sin? Idir an dá linn tagann cás iad a dhíscaoileadh, fág faoi do bhreithniú críonna é.

An bhféadfadh níos mó impleacht agus easpa reiligiúin a bheith ann nach raibh sampla ann nach gceadaíonn an fear atá i gceist dá bhean mar is eol go maith, agus nach raibh cás ar bith ann, an ceann nach dteastaíonn uaim ach uair amháin i níos mó ná beirt blianta ar chuala an chomharsanacht gearán uaimse, nó ar mhinic tú sacraimintí naofa an phionóis agus an chomaoineach? Cad mar gheall ar chearta daonna na mban? An bhfuil an saoirse ó phionós seasmhach?

Maidir le Francisca, bhí staid an fhoréigin teaghlaigh chomh tromchúiseach le haon choir, agus ina leith seo rinne sí iarracht a chur ina luí ar an mbreitheamh agus ar na finnéithe gur cheart an tábhacht cheart a thabhairt do na hábhair seo freisin, mar gheall ar an bpointe seo dhearbhaigh Francisca go raibh a cás cheana féin difriúil. go raibh a saol pósta agus teaghlaigh eiseamláireach agus go raibh finnéithe aici a d'fhéadfadh é a dhearbhú go maith.

 Lean Francisca ag cur in iúl cásanna eile mar chás Juliao Ospina, a cúisíodh i gcoireanna b'fhéidir níos measa ná iad siúd a cúisíodh ina choinne, agus is cinnte nach raibh an ceartas chomh dúthrachtach ná chomh gasta ina rúin, ó rinne an t-ionchúisitheoir áibhéil i a shéanadh agus ina ráitis.

 Chuir sé Grecano Alvarón in iúl freisin, duine de na daoine a dhearbhaigh gur tharraing sé siar a chuid líomhaintí ós rud é nach raibh aon rud ar eolas aige faoi na rudaí a dhearbhaigh sé, tá sé seo an-íogair mar gur fianaise bhréagach a bheadh ann agus de réir Francisca ní bheidís oscailte próiseas breithiúnach i gcoinne Grecano ar ábhar chomh tromchúiseach.

Dhearbhaigh Francisca gur féidir le Gregorio, áfach, fianaise a thabhairt ar an dea-obair a rinne sí ag cumadh amhráin d'ócáidí Shiria, agus d'ócáidí Omana, chomh maith le moladh a scríobh i gcónaí do stát ceannasach Yoskian sna feidhmeanna poiblí a bhí ar siúl . déanta le greannáin, sonraíochtaí, moladh agus féilte eile.

Agus í ag glacadh lena cosaint féin, ba í an straitéis a d'úsáid Francisca mar an príomh-arm dlíthiúil a rannpháirtíocht i scríbhneoireacht leabhail a íoslaghdú trí nochtadh cásanna a mheas sí a bheith i bhfad níos tromchúisí agus go raibh na nósanna imeachta an-difriúil maidir lena cás .

Ag dul ó shaol príobháideach roinnt carachtair agus ag deimhniú a gcuid oibre os comhair an fhinné phoiblí mar dhuine macánta, maith, a bhfuil a thuillimh ag obair go macánta, rinne Francisca achomharc le daoine aitheanta áirithe a d'fhéadfadh labhairt faoina gcuid oibre agus a saol príobháideach agus a chuid demeanor poiblí, d'iarr sé ar deireadh ar an mbreitheamh a chuid argóintí agus a bhreithniú speisialta lena chás áirithe a chur san áireamh.

III

Sna huaireanta tráthnóna, timpeall a ceathair a chlog, nuair a bhí an óráid críochnaithe ag Francisca cheana féin agus í ag cosaint féin, thuig sí go raibh Ricardo, a fear céile, tagtha ó Chendeba. Chuaigh sé chuig a chara Francisca, a thosaigh ag caoineadh os ard láithreach agus é ag insint di idir sobs na héagóracha a bhí á ndéanamh ina choinne.

Bhí aithne ag gach duine ar an mbaile ar Ricardo, a bhí ina cheannaí freisin, ba ghnách leis camchuairt a thabhairt ar na bailte sa cheantar. Bhuail sé le Francisca thart ar thrí bliana ó shin nuair a bhí gúnaí dearga galánta amháin á ndíol aige, a luaithe a chuala sé an scéal faoi ghabháil a chailín, shocraigh sé taisteal chun dul léi agus dul isteach sa chosaint.

Bhí Francisca láidir i gcoinne an domhain, níos lú le Ricardo, toisc gur éirigh sí geanúil agus mar a d'athraigh sí ton a guth i dtreo dó. Labhair Ricardo leis an mbreitheamh faoin bpróiseas breithiúnach chun ligean dá chailín leanúint den imscrúdú faoi shaoirse mar mhalairt ar suim mhór airgid mar bhannaí, ar ghlac an breitheamh leis.

 Chuaigh siad go teach a bhí ar cíos ag Ricardo, ba chóir a rá, sa phríomh-pháirc, agus iad ag leá agus beagnach as anáil ag barróg láidir a dhó a gcraiceann, chuaigh siad isteach i ndomhan contrártha nuair a chuir siad ceisteanna ag an am céanna agus d'fhreagair siad faoin teaghlach, faoi na gnóthais, faoi na tionscadail, ach go háirithe, theastaigh ó Ricardo mionsonraí a fháil faoina raibh ag tarlú léi.

 Thosaigh Francisca, leis an uaigneas a bhí mar thréith aici a bheith le Ricardo, ag tabhairt mionsonraí dó faoi na bagairtí ceaptha ar an réabhlóid mhíleata, faoin gcaoi ar tháinig siad chun stiogma a dhéanamh uirthi go sóisialta trí bheith á caitheamh mar fraochÚn naofa, faoin gcruachás a bhí á dhéanamh aici. faoi réir roinnt cónaitheoirí Shira agus d'inis sé di freisin faoi mhionsonraí na laethanta deireanacha a bhaineann leis an staid pholaitiúil in Omana agus Everesta.

Cá fhad a bhí an turas ó Everesta go dtí seo? Ar éirigh leat an gnó pants a dhúnadh?

Chaith mé trí lá agus oícheanta iomlána, agus ní hea, níorbh fhéidir liom na déileálacha sin a dhéanamh

Agus cén fáth é sin?

Conas a cheapann tú go bhfuil an scéal leis an rialtas míleata nua ag éirí níos casta gach lá, agus ag rá leat go raibh orm teacht i mbus poiblí agus ceadanna a iarraidh i ngach baile inar tháinig mé, níl a fhios agam cá bhfuil muid ag dul chun stop a chur leis seo, ar shíl tú nach raibh sé sin ag teacht?

Ní hé an grá sin é, is é an pointe go bhfuil an-eagla orm, tá siad ag iarraidh baint a bheith agam le mná áirithe a deir go bhfuil siad ceannairceach nó rud éigin mar sin, agus shílfeá go raibh tú á scríobadh le fear eile cheana féin ...

Níl mo shaol! Céard faoi, tá a fhios agam go bhfuil tú an-speisialta, bean onórach, níor mhaith liom aird a thabhairt orthu siúd a dhéanann murmur fút nó fiú na sean mhná a bhfuil bród orthu a bheith ina mná ceaptha gan locht, labhraíonn siad fút go bhfuil siad as íon. éad

An bhfuil a fhios agat a bhfuil i gceist leis na mná ceannairceacha seo go léir?

Bhuel a ghrá, is é an rud a d'éirigh liom a chloisteáil ar na sráideanna ná go bhfuil grúpa ban treascrach ann atá ag iarraidh an rialtas míleata a threascairt, toisc nach gceaptar go bhfuil meas ar a gcearta, is é sin go bhfuil drochíde orthu agus go ndéanann na dlíthe gan é a chosc, go ndéanann an t-arm leatrom orthu, nach bhfuil deiseanna fostaíochta, nó gnó, nó cultúrtha, nó polaitiúla nó aon rud mar sin acu, tá a fhios agat grá, na hóráidí agus na leithscéalta is gnách chun na gníomhartha sceimhlitheoireachta a chosaint, agus cad faoi tú? Ceapann tú

Níl a fhios agam grá, níl a fhios agam cad a cheapaim, ar thaobh amháin sílim go bhfuil siad ceart i roinnt rudaí, bhuel, nach gceapann tú, mar shampla, gur éagóir é an rud atá ag tarlú dom?

Bhuel tá grá, ach ní dóigh liom go dtugann sé sin údar d'éirí amach in airm

Tá an ceart agat freisin, áfach, ba cheart don rialtas míleata níos mó spáis a oscailt do mhná, agus a éileamh freisin go bhfuil meas acu orainn go léir, conas mar sin is fraochÚn naofa mé? Ní fraochÚn mé, níl bean ar bith, ní thuigim cén fáth a gcaitheann siad le mná mar sin

Ach má deir na mná féin an cáilitheoir sin

Ach ná cuimhnigh, ba cheart dóibh na cineálacha déileálacha sin a thoirmeasc

Agus d'athair agus do mhuintir?

Níor éirigh liom cumarsáid a dhéanamh leo, ach amárach déanfaidh mé go han-luath é chun rabhadh a thabhairt dóibh i dteannta lena bhfuil ag tarlú, mar gheall ar an méid a deir tú liom atá ag tarlú i Eabhrac ar fad, féach cad atá ag tarlú anseo i Shira, sa mhéid seo baile beag a bhfuil dearmad déanta air Ar chuala tú ó Gloria?

Níor éirigh liom cumarsáid a dhéanamh léi ach an oiread, mar sin caithfimid fanacht go bhfillfidh sí ar Everesta, agus anois cad a tharlóidh duit? Cad atá amach romhainn sa phróiseas breithiúnach?

Is é an rud céanna mo shaol, ceisteanna agus tuilleadh ceisteanna go dtí go mbeidh an breitheamh sásta, le súil go bhfágfaidh siad suaimhneas agus saoirse dom

Agus ar eagla go scaoilfeadh siad thú, cad atá beartaithe agat a dhéanamh?

Téigh leat cibé áit is mian leat mé dul

I ndáiríre?

Ar ndóigh

Cén fáth a bhfuil tú ag caoineadh arís?

Níl tú ag iarraidh mé a chreidiúint

Creidim go bhfuil grá agat, tá grá agam duit, agus beidh mé leat i gcónaí

Cad a tharlaíonn má thagann mná ceannairceacha den sórt sin?

Ní dóigh liom go mbeidh siad in ann cumhacht a urghabháil trí airm, tá gach rud faoi smacht ag an nGinearál Barneydo, agus é ag rá leat gur ghabh siad Juniar,

Axa agus Vienta na laethanta seo ar cineál cúnta iad le Fuega agus Sherlaka, mar sin mise Ní fheiceann mé gur féidir leo a misean a bhaint amach

Tá eagla orm faoi Ricardo, tá roinnt mná as Everesta amuigh ansin, agus tá a fhios agat? Siúlann siad timpeall gan eagla údaráis orthu

A ghrá, cén t-údarás a fheicfidh tú anseo leis na daoine sin ar éigean go bhfuil club ina láimh acu, ní gá duit a bheith buartha

Tá súil agam nach dtéann sé níos faide ná a bheith ina bhagairt shimplí

Ina theannta sin, tuigim go bhfuil an t-ardcheannas míleata ar an eolas faoin réigiún seo

An gcloiseann tú

Cad?

Dealraíonn sé go bhfuil duine éigin ag glaoch ort

Ach cad mura bhfuil aon lucht aitheantais agam san áit seo?

Tá grá ann, is fearr duit a bheith réidh agus breathnú amach le feiceáil cé hé agus cad atá á lorg aige

Gan chinneadh ar feadh nóiméid, shocraigh Ricardo é féin, fuair sé snasta, agus d'fhág sé a theach, ní gan gunnán a cheangal timpeall a choim ar dtús, i bhfolach taobh istigh dá léine.

D'oscail sé an doras agus nuair a chonaic sé gur bean álainn a bhí ann rinne sé aoibh agus beannacht le

Tráthnóna maith, cad atá uait?

Is é an rud a tharlaíonn ná go gcaithfidh mé roinnt éadaí a cheannach le dul ar thuras, agus deir na comharsana liom gur ceannaí tú agus go gcaithfidh tú roinnt brístí a bheith agat do mhná agus b'fhéidir roinnt blúsléinte

Sea, ar ndóigh, is féidir liom roinnt éadaí atá fós agam sa stóras a thaispeáint duit

Mar sin chuaigh Ricardo go Francisca chun a rá léi fanacht air ar feadh nóiméid ós rud é go raibh uirthi na héadaí a thaispeáint don bhean agus a bheith réidh agus é ag filleadh chun dul amach chun dinnéir.

Ach is féidir? Ar thóg tú am fós le teacht agus an dteastaíonn uathu tú a thógáil uaim?

Ná bí cosúil leis an ngrá sin, beidh tamall ann, beidh mé anseo arís

Mar sin rinne Francisca aoibh agus thosaigh sí ag ullmhú go han-mhall, d'inis sí di féin an togra a dhéanfadh sí do Ricardo agus imeacht ó Shira, go háit eile, go tobann, cén fáth nach ndéanfadh, go tír eile nach raibh chomh aisteach le Yorka lán de neamhchinnteachtaí agus a lán rudaí a chuir iontas gach lá, agus rudaí an-aisteach.

Cén fáth a bhfuil tú ag gol? Cén fáth a bhfuil tú ag crith? D'iarr duine dá cúpla cara a thug cuairt ar an teach uirthi fáil amach faoina stádas sa phróiseas breithiúnach

Níl Ricardo ag teacht

Cén t-am a d'fhág tú?

Bhí sé ceaptha dul amach chun éadaí a tháinig do bhean a thaispeáint, sin ceithre huaire an chloig ó shin, gheall sé dom nach gcuirfeadh sé moill

B'fhéidir go bhfuil sonraí an díola á dtabhairt chun críche aige fós

Níor ghlac sé riamh chomh fada sin ... tar isteach! Tar liom, ba mhaith liom dul a fháil air

ceart go leor

Bhí sé ansin, tar éis dó cuardach a dhéanamh air ar fud an bhaile, d'fhoghlaim Francisca gur fhuadaigh an bhean sin a fear céile Ricardo, ach cén fáth é?

Ní raibh Francisca in ann a thuilleadh a dhéanamh, an tionchar a chruthaigh an nuacht sin, go raibh sí cinnte gurbh iad na whores sin ó Everesta, a thosaigh ag caoineadh, agus ag caoineadh go ndeachaigh sí síos an bóthar, ag siúl trí Tovoch, Nezuk, Galmont, Gonbader, Grestol, Zamapor, Bacui, Sarota, Ranga agus Jipar go dtí go bhfaighidh siad Ricardo. Agus na Shiriaigh, agus iad ag tuiscint gur trua nua a bhí ag Francisca, shocraigh siad gan trácht ar aon chuid den ábhar a thabhairt don bhreitheamh.

An lá dar gcionn, chuala bean a bhí ag dul thart ar rothar gearán faoi Francisca, a chaith an oíche ag bun crainn, in aice leis an mbóthar.

Cád atá tú ag déanamh anseo?

Táim ag lorg m'fhear chéile Ricardo, impím air má tá rud éigin ar eolas agat faoi cuir ar an eolas mé le do thoil

Ah! Is tú cailín an fhir óig a fhuadaigh na Valkyries

Agus cé hiad?

Is mná treascracha iad a bhfuil sé d'aidhm acu, nó mar sin a deir siad, deireadh a chur leis an tírghrá

Cén patriarchy nó rud ar bith, go bhfágann siad na daoine ina n-aonar, go dtugann siad mo Ricardo ar ais dom

An rud a mholfainn, a bhean uasail, go dtaistealaíonn tú go Everesta agus na húdaráis a chur ar an eolas faoi na rudaí a tharla, ach, is fearr duit taisteal ansin agus gearán a chomhdú.

Tar éis dó smaoineamh air ar feadh tamaill, shocraigh Francisca leanúint ar a bealach chuig an mbaile is gaire agus ansin bealach a fháil le taisteal go Everesta ós rud é nach bhféadfadh sí filleadh ar Shira.

Tar éis di dul trí chruatan bhí sí in ann a bheith in Everesta sa deireadh, ní raibh Francisca ar an bpríomhchathair ó bhíodh sí in éineacht lena fear céile ar chuid dá thurais ghnó, agus mar sin ba é an chéad rud a rinne sí ná dul chuig ceanncheathrú an airm chun tuairisc a thabhairt faoi na fuadach Ricardo.

Dúirt an t-oifigeach a dúirt léi nárbh fhéidir labhairt faoi fhuadach go dtí go bhféadfaí an fhaisnéis sin a chomhthacú, nach raibh ann ach toimhdí go léir fúithi, agus sin nuair a thosaigh Francisca ag screadaíl

D'imigh na whores móra sin de na reibiliúnaithe leis, cén fáth nach dtéann siad go dtí an réigiún? An bhfuil eagla orthu?

Bhí na saighdiúirí ag iarraidh í a mhaolú, ach chuir sé sin isteach níos mó uirthi.

Tá sé de mhisneach agat coup a dhéanamh, an t-uachtarán dlisteanach Crepusculini, tá sé de mhisneach agat na daoine a chur faoi leatrom, ach aghaidh a thabhairt ar na daoine sin ansin má ghníomhaíonn siad mar aineolach, leathcheann, is breá liom mo Ricardo

Nuair a dúirt sí go raibh na focail seo ann nuair a shocraigh an t-oifigeach í a ghabháil as ciapadh a dhéanamh i gcoinne an rialtais mhíleata

Cad chuige a bhfuil rialtas den sórt sin? Am éigin rialóidh whores an tír seo, ós rud é nach raibh tú in ann

Nuair a bhí sí sa dungeon, stad Francisca go tobann ag caoineadh, agus shíl sí gurb é an rud is fearr ag an nóiméad sin ná scríobh chuig duine dá cairde is fearr agus a chur ar an eolas faoi cad a tharla ionas go bhféadfadh sí teacht chun a tarrthála.

Ní thuigeann mná mar Francisca na réaltachtaí eile sin a bhaineann leis an bpláinéad aisteach agus aisteach sin, atá lán den oiread sin réaltachtaí, an oiread sin áiféisí, an oiread sin deacrachtaí, ach pláinéad atá lán de mhothú neamhchoitianta folláine ar chúis ar bith, cineál staid bhuan sonas.

Tar éis dhá lá faoi choinneáil, d'iarr Francisca, a bhí an-socair cheana féin, agus d'impigh ar an oifigeach í a scaoileadh saor, ó gheall sí nach leomhfadh sí arís maslaí a chur in aghaidh an rialtais mhíleata, a rinne sé, tar éis di doiciméad comhréitigh a shíniú. aontaithe.

Bhí an chuma ar Francisca gur bean eile í, ba chosúil go raibh sí tumtha ina réaltacht féin, sa réaltacht eile sin, labhair sí léi féin, ag smaoineamh agus ag freagairt di féin, ag maslú í féin, ag comhghairdeas léi féin, ag cuimhneamh ar go

leor chuimhneacháin áille ina saol, ag piocadh bláthanna, ag fáil réidh ó dhaoine

Dúirt sí léi féin arís go raibh uirthi Ricardo a aimsiú.

Rinne sí machnamh ar an ngealach go dtí go raibh a fhios aici conas a faoisimh a

tharraingt, thuig sí gur thaitin gathanna na gréine léi, na plandaí a bhreathnú go

cúramach lena fháil, fiú má thug a samhlaíocht réaltacht eile agus réaltacht eile di

go dtí gur shroich sí doimhneacht na loighic eile agus smaointe eile.

Thuig sé gur thaitin sé tacú lena lámha faoina chorp, gur thaitin eachtraí leis a

shamhlú, go raibh rósanna ollmhóra agus cumhráin níos coimhthíocha ag teastáil

ón bpláinéad aisteach seo, thuig sé nach bhféadfadh sé a bheith buartha faoi rud

ar bith riamh, na hoícheanta réaltaí sin Bhí siad iontach, go bhféadfaí an méid a

dúradh léi mar leanbh faoi phláinéid ceaptha a bheith cosúil léi a fháil amach lá

amháin, agus chuir sin áthas uirthi.

Chuaigh sí a luí, ní raibh a fhios riamh cá háit, agus thosaigh sí ag brionglóid,

shamhlaigh sí go raibh fear ag teacht, ard, beag tanaí, ag miongháire uirthi ó chian,

go bhfaca sí é agus go raibh sé freisin ag miongháire uirthi, go raibh sé ag druidim

leis, go raibh sí ag fanacht leis le hairm oscailte, go bhfeicfeadh sí a aghaidh le

soiléireacht iomlán cheana féin, thug sí faoi deara go raibh sé dáiríre agus gur

labhair sé léi, a bhean uasail! Gabhadh í as próiseas breithiúnach atá á leanúint i

Shira, mar sin tabharfaimid léi anois chuig cúirt an bhaile sin, ionadh gur sheas sí

an fód, síneadh a cuid arm agus lean sí treoracha an oifigigh go socair.

IV

Arís sa chúirt, bhí Ritú Marinombo, a thug aitheasc don bhreitheamh, agus mar chosantóir ar a chúis féin dúirt:

Ba mhaith leis an nóta sin a thug an leabhal athlastach ó do stiúrthóir a bhfeictear dom a dhathú ábhar den fhuath dosháraithe atá aige domsa agus d'aisteoirí eile an nóta a thabhairt, níor tugadh é seo don Leifteanantchoirnéal Manuelini Carpentier le iarracht eile níos mó ná nuacht a bheith aige go raibh an fear seo ag iarraidh líon na mban Brudrenian a bhí san áit seo, na poist a thaitin leo agus an bealach ar iompraigh siad; líonamar leis an tírghrá ard a ghéillimid dó nach raibh sé náireach é a thabhairt, Agus ós rud é go raibh a fhios againn go raibh siad ag tabhairt aghaidh ar an rialtas le níos mó fírinne, rinneamar é sin mar cé go ndeirimid sa nóta thuasluaite nach bhfeictear dom go bhfuil tírghráthóirí an bhaile seo atá ag gearán go bhfuil siad báite ag an gcomhlachas agus an chumarsáid a thaitníonn leis na Brudrenians i do theach mar chúis le cúisimh a dhéanamh leis an gcúirt ó ghearáin. Tá a fhios go maith i Shira go bhfreastalaíonn Tomasini de la Mora Puerta del Perpetuo Socorro ar a theach tráthnóna agus maidin, go ndéanann Don Antonini Mendocini an rud céanna agus freisin Manuel Otero, feictear dom gurb é sin an fáth go gcaithfí chomh cruálach leis ; Is coir é an fhírinne a rá ansin, nach ndéarfaidh nuair a fheiceann siad an sásamh a bhíonn ag na Brudrenians seo dul isteach i do theach agus é a fhágáil go laethúil, agus go bhfuil sé amhrasach go mbaineann siad taitneamh as an sochar seo, An gceapann tú go ndearna mé féin agus údair eile an nóta thuasluaite é sin le hintinn d'onóir a mhacasamhlú, gan trácht ar agóid a dhéanamh i gcoinne fhorálacha ár rialtas míleata críonna, ní dála an scéil, mar is léir ó na ráitis a rinneamar thug neart mionn. A dhuine uasail bhreitheamh, cad eile is féidir linn a rá in onóir duitse atá ina bhreitheamh polaitiúil, agus éad ar an tír dhúchais réabhlóideach,

Maidir leis an bpost-scríbhinn a chuir Francisca Cuestaza i gcoinne Don Antonio Llanos sa nóta thuasluaite, ní fheictear domsa nár cheart mise ná Ballestos ná Jocondo Medina a chur ar an milleán ná ar chlúmhilleadh uirthi mar gheall ar rud ar bith a dúirt ábhar an phoist. Tá páirt againn, agus sin amháin má chuimsíonn nuacht na n-ábhar a dúirt mé inár n-admhálacha freisin, mar is cuma cé mhéid a dhéanann an Cuestaza thuasluaite iarracht le cúiseanna dealraitheacha é féin a chosc ón bhfíric, ní bheidh sé in ann, mar gheall ar fhinnéithe a bhfuil a ndóthain oiriúnachta is féidir linn a dhéanamh a fheiceáil go bhfuil sí mícheart.

Chuir Ritú Marinombo cúisí ar an ionchúisitheoir, Pedro José Vásquez nár chloígh sé leis na dlíthe, tuigeadh nach bhféadfaí an oiread sin líomhaintí a mheas ach fuath pearsanta. Ceann de na nuacht is mó a léirigh Marinombo ná a nochtadh nár seachadadh an leabhal don Choirnéal Manuelini Carpentier, an cineál comhcheilge a bhí ann? Lean Marinombo lena straitéis chosanta trína threisiú a dhéanamh ar a tírghrá agus a dhílseacht don chúis mhíleata réabhlóideach, agus threoraigh sé a líomhaintí i leith chónaitheoirí Brudrenian i Shira, má bhí an ceartas in amhras faoi dhuine ní foláir gur ó mhná na Brudrenian é.

Rinne Marinombo iarracht amhras a ardú i gcoinne na mban Brudrenian, ag maíomh go bhféadfaidís a bheith ina bhfealltóirí nó go bhféadfadh rún contrártha a bheith acu leis an réabhlóid mhíleata. D'admhaigh Marinombo gur ghlac sé páirt sa scríbhneoireacht ach nach bhféadfadh sé seo a bheith ina chúis le corraíl mar b'fhéidir nach raibh ann ach tráchtanna simplí agus cáineadh ó am go chéile.

Tá áitiú Marinombo ar aird a dhíriú ar mhná ón bpríomhchathair Everesta chomh mór sin gur thrácht sé ar theacht amhrasach Angelina de Haya go Omana (príomhchathair Khartoum) d'fhonn staidéar a dhéanamh ar mhianraí Napala nó Shira. ní fios go beacht an é sin an aidhm a bhí aige i ndáiríre.

Bhí Marinombo bródúil as an eolas a bhí aige i ndlíthe Yorka, ag tagairt dó, a bhuíochas d'alt a naoi is fiche den dara cuid dár mbunreacht naofa Eabhrac, go raibh ar Antonio Llanos, duine acu siúd a chuir ina leith é, staonadh óna chás dlí tamall ó shin ina choinne Marinombo agus b'fhéidir go raibh díoltas air fós agus ar an gcúis seo ní raibh sé áisiúil a chuid líomhaintí i gcoinne na ndaoine a raibh baint acu leis an leabhal a chur san áireamh.

Chuaigh Marinombo níos faide trí eolas an ionchúisitheora a shaobhadh trí chur in iúl gur insamhail a chuid focal dlíthe críonna amhail is dá mba ollamh dlí é a rá chomh saor go ndéantar an rud a ordaíodh mar phianbhreith dheiridh, ag glacadh an cháis le haghaidh nósanna imeachta atá contrártha le cúis. . Bhí Marinombo ina ráitis chosanta i bhfad níos dírí agus é ag dul i gcoinne an ionchúisitheora ag cur ina leith gur mí-úsáideoir é ina líomhaintí as iarracht a dhéanamh brath ar dhlíthe Yorka.

D'éiligh an tUasal Antonio Llanos go ndéanfaí é a dhícháiliú mar fhinné toisc, dar le Marinombo, gur mheas sé gur naimhde pearsanta é. Luaigh Marinombo freisin go raibh daoine ann a d'fhéadfadh fianaise mhaith a thairiscint, ós rud é nach ndearna siad agallaimh ach le daoine a chuir srian orthu féin a cháineadh agus a ionsaí, gan tosú leis an ionchúisitheoir féin, gan eolas níos mó a bheith acu ar shaol príobháideach na gcosantóirí.

D'iarr Marinombo freisin go ndéanfaí a phróiseas a neamhniú, ag cur san áireamh gur ghníomhaigh an t-ionchúisitheoir go mícheart ina nósanna imeachta agus gur cháiligh sé mar sceimhlitheoir agus fíorasach gan aon argóint dlí, nár cháiligh sé ach gur ceapadh é mar ionchúisitheoir agus gur chloígh a chuid focal. cáilíochtaí pearsanta. Ag an am céanna gur chosain sé onóracha a chara agus a chomhghleacaí Napalese Johann del Castillo y Ballestos mar dhuine ionracais, dá bhrí sin go gcaithfeadh an t-ionchúisitheoir a chuid focal a shéanadh.

Ansin chuaigh Johann del Castillo y Ballestos ar aghaidh lena chosaint, an uair seo mhothaigh an cosantóir Ballestos saor chun a chuid eolais acadúil agus dlíthiúil a chur in iúl ar dtús, sa dara háit chuaigh sé ar aghaidh ag caint faoi na himeachtaí polaitiúla is déanaí a tharla in Omana agus Everesta agus ar deireadh d'ionsaigh Ballestos arís é na Brudrenians a bhí cúisithe in aon chineál amhrais nó ionsaithe i gcoinne riarachán Shirian agus ní ina gcoinne a bhí ina bhfíor-tírghrá agus a bhí dílis don chúis réabhlóideach míleata.

I gcás Ballestos, bhí sé mar aidhm ag a ráitis a bheith in ann éirí as a staid dlí ní trí theistiméireachtaí a d'fhéadfadh labhairt ina fhabhar ach trí dhlíthe nua na réabhlóide míleata. Tugann gach rud le fios go raibh Ballestos ar an eolas faoi na himeachtaí polaitiúla agus sóisialta is déanaí i roinnt áiteanna i Yorka ó luaigh sé na hardoifigigh ní ó Shira, rud a bheadh gnáth, ach ón bpríomhchathair mór Everesta.

Díríodh dearbhú Ballestos cosúil le dearbhú a chompánaigh sa phróiseas breithiúnach chuig an mbreitheamh sna téarmaí seo a leanas. Tá sé tábhachtach a shoiléiriú nach féidir a shuíomh le cinnteacht dá mbeadh na cosantóirí i bpríosún arís, is cosúil go raibh saoirse coinníollach acu fós (seachas Francisca Cuestaza) agus gurb é an rud atá déanta acu a bheith i láthair sa chúirt, lean Ballestos ar aghaidh, á rá:

Is é an chóip a tháirgeann mé ceann an achomhairc, a dhírigh m'aturnae i dtreo Everesta ar a Shoilse Gobharnóir Stát Khartoum, a bhfuil rún aige cheana ar an mbealach, agus ag an nóiméad seo a bhaint amach a chumhacht tríd an bpost. Is é sin comhthéacs na litreach a ghabhann léi. Agus a leithéid de ghné éagsúil lena léann tú le coinneáil áirithe ba chóir don doiciméad atreoraithe breathnú ar an ábhar atá i gceist anois. Osclófar an litir ar lá na géarchúisí, agus ar cháilíocht na cúirte is airde sa chúige agus dá bhrí sin níl aon nós imeachta eile fágtha duit, seachas mar bhronntanas meas agat, staonadh ó chéim mhícheart a ghlacadh, mura bhfuil, ba mhaith leis a bheith bainteach le cúis níos mó sa chás breithiúnach a chuireann sé os ár gcomhair.

Leis na ráitis seo, chuir Ballesteros san áireamh dul chuig ardchúirt Khartoum, a bhí níos fearr ná cúirt bhaile Shira, mar sa chás seo bheadh fíor-neamhchlaontacht ann agus de réir mar a aontódh sé go n-aontódh sé le Ballestos agus leis na cosantóirí eile (ach amháin Francisca Cuestaza) de na muirir go léir a chuir siad ina leith go héagórach.

Níos déanaí, chuir Ballestos a chuid smaointe i láthair maidir leis an gcúis réabhlóideach míleata agus na dearcaí a bhí ann ag an am sin i bhfianaise an bhagairt dhílis a bhí ag an arm frith-réabhlóideach ar a dtugtar Arm na mBan Magenta, ionas gur lean Ballestos lena ráiteas:

Tá náire orm, a Uasal Breitheamh, tú a fheiceáil ag obair leis an oiread sin iarrachta ar na ráitis a fhaigheann tú mar chomhchoirí, chun dea-ainm agus tuairim an chine fhíochmhar trua sin de Mhná Magenta a chosaint agus a chlúdach críocha Ní éiríonn leis na daoine sordid agus depraved an Shira saibhir a scriosadh, agus cad a déarfaidh saor-phobail Yorka go léir nuair a fheiceann siad go bhfuil tú ar a mhalairt ag iarraidh a bheith in áit iad a thiomáint ar shiúl mar fhíodóirí a dhéanann ionfhabhtú ar a mbó ráthóir iompar na n-olc sin? Is é an sainmhíniú, agus an coincheap ró-náireach dom stop a chur in iúl, ach is leor do chuid faisnéise, go mbeidh an rud is lú b'fhéidir,

Choinnigh Ballestos dearcadh dúshlánach mar gheall ar na bealaí a ghlac an breitheamh leis i ndáiríre maidir leis na mná Brudrenian a bhí ag an am sin i Shira, dearcadh an admiration agus ní amhras.

Chuir na codarsnachtaí idir an chóireáil a tugadh do mhná na Brudrenian maidir le Ballestos agus na cosantóirí eile fearg orthu, cé nach raibh baint ar bith aici leis an bhfíric nach raibh aon rud déanta ag na mná Brudrenian sa chás seo agus nach raibh aon chúis leis aon phróiseas, d'áitigh Ballestos inar cheart leanúint leis na

Brudrenians, amhail is dá mba rud é go dtugann siad le fios gur mná iad ón bpríomhchathair Everesta go bhféadfadh siad a bheith i mbaol do chobhsaíocht Yorka i gcás ionsaí ag Mná Magenta.

 Lean Ballestos ag labhairt leis an mbreitheamh:

Ná ní chreideann tú ar an gcúis seo, gurbh é sin an triail, gur tháinig mo chompánaigh agus mé féin chun a nós imeachta a fhoirmiú, nuair a chuir an Coirnéal Manuelini Carpentier iallach ar an gcuimhneachán. Rolladh ár gcuid smaointe ina n-aonar chun cúis tiomantais a aistriú uait, a cuireadh i láthair duit ag gach céim, leis an gcomhthoiliú, agus an chóireáil a dhéantar go minic leat leis na Brudren séanta, a shonraítear i gceann an chomhaid, a léamh go maith, agus machnamh a dhéanamh ar an gciall liteartha, agus na guthanna a gceaptar leis, agus a bhfaighidh sé amach nach bealach eile a bhí inár mbealach smaointeoireachta. Mar sin is chuige sin b'fhéidir, nach bhfuil aon stampa agam, agus go mb'fhéidir go dtaitneodh an tuairim ghinearálta leat, is tusa agus aon duine eile atá an locht, mar tá an oiread sin cuntas ar na ceisteanna, agus an bealach le fiosrú a dhéanamh a d'iompaigh tú i bhfabhar na ndaoine gránna sin, mar is iomaí admháil a thugann tú ar an gcosaint a thug tú dóibh, agus ar na mianta bríomhar a chuidíonn leat fós, do dhea-mhodh agus do dhea-dhearbhú a dhearbhú eadrainn. Mar gheall ar a bheith macánta, murab amhlaidh an cás, nó bheadh tuairimí eile agat: Cad a bhaineann leis na himeachtaí, go bhfuil Everesta Axa ina captaen ar na mílíste, agus gur oibrigh sí roimhe sin mar ionadaí do na toghcháin i ranna an bhaile seo de Fortula? An gcruthóidh sé seo rud éigin eile, b'fhéidir gur cuireadh ár rialtas amú mar is gnách de réir achair i dtogra an duine seo; agus nach bhfuair sé fós na tuiscintí agus na soilse is gá chun é féin a chur ina luí ar a chearta, agus nach féidir leis an seirbhíseach a bheith ag súil go deo le rud éigin go maith faoi lámh an mhadaidh? Lig díomá dúinn, a dhuine uasail, Tá tú i bhfianaise, díreach tríd an achomharc a rinne m'aturnae a léamh, an iliomad beart a glacadh i mbeagnach gach saor-chúige, a dhíbirt gan níos mó cúise ná bunús neamh-inseachanta inseachanta na mná ceannairceacha go léir a bhfuil cónaí orthu in Omana, agus in Everesta a ceannródaíocht iomlán. Ach ionas go dtiocfaidh sé chun foghlaim níos hachomair faoina thábhacht, agus nach coir é sin a dhéanamh mar a éilíonn muid tríd an Coirnéal Servier; téigh ceann eile de na samplaí tubaisteacha atá ag dul níos mó ná tú as a thorthaí marfacha, agus as na cinn le déanaí. agus nach coir é sin a dhéanamh mar a éilíonn muid tríd an Coirnéal Servier; téigh ceann eile de na samplaí tubaisteacha atá ag dul níos mó ná tú as a thorthaí marfacha, agus as na cinn le déanaí. agus nach coir é sin a dhéanamh mar a éilíonn muid tríd an Coirnéal Servier;

Tá a fhios agat, agus tá a fhios againn go léir, cad iad na híobairtí a d'fhulaing ginearál mór Agathon ó dheas chun a dheartháireacha a shaoradh ó Jorwait agus Azyatar ó shlabhraí na dteachtaí.

Bhuel, tá sé fós ann go mbeadh a fhios aige an bhfuil sé aineolach go bhféadfadh sé a sheachadadh agus a ghéilleadh dár naimhde sa chath deireanach de Burnamza, tar éis sé bhua as a chéile a dhéanfaidh cuimhne ar chuid eile de shaighdiúirí Magenta, a dhéanfaidh. in éineacht leis sa lá oibre. Agus cad atá díreach déanta ag an bpríomhchathair Everesta, i bhfianaise chailliúint mhíshláintiúil uachtarán a ghaoil? Gabhadh agus laghdaíodh gach tírghráthóir a bhí chomh dona sin go príosúin slándála, seachas an duine. Chuir cathair Fortula an rud céanna i bhfeidhm. Agus i Khartoum, tá an rud céanna curtha i gcrích agat, ag tuiscint dá chéile, beirt chúntóirí sinsearacha, coisithe, agus marcra, sáirsint, corparáidí, agus saighdiúirí, gur díbraíodh iad in éineacht leis na riarthóirí cánach agus poist agus daoine aonair eile ón trádáil agus gur seoladh chuig Marbata iad an oíche an 18 Meitheamh, an lá céanna, nuair a scaipeadh teacht an phoist chomh brónach agus a bhí sé mar eachtra gan choinne. De sheans go scoirfidh cuid acu seo de na buanna morálta céanna, cibé acu fíor nó dealraitheach, a ndearna tú breithiúnas orthu.

Bhí panorama sóisialta, polaitiúil agus míleata na poblachta ar fad gruama, de réir Ballestos ba leor an chuimhne a bhí ag an Magenta ar Agatón i ndeisceart na tíre a ghabháil agus a ghabháil i ngach áit i dtír na Brudrena, áit a raibh na mná réimeas. mná, measadh go raibh sé amhrasach, agus ba cheart fós, dar leis, a dhíbirt as críoch uile Yorka.

Léiríodh an tírghrá agus gach a thug sé le tuiscint i ndílseacht don chúis réabhlóideach mhíleata, ionas gur ainneoin gur réabhlóid a bhí sa réabhlóid gur fhan sí i staid chogaidh sa bhliain 879282719826-HWOP-IIII ar fud chríoch Eabhrac. An raibh na mná Brudrenian go léir i gcríoch Eabhrac dílis don chúis réabhlóideach? An bhféadfaí muinín a chur sna Brudrenians gan amhras a bheith orthu riamh gur spiairí nó fealltóirí iad ar chúis na míleata? Ba é a bhí Ballestos ag iarraidh ionchúiseamh a dhéanamh i gcoinne na Brudrenians a bhí ina gcónaí i Shira ag an am sin.

Mar gheall ar chinneadh Ballestos ina ráitis chosanta, ní bheadh sé aisteach dá ndéanfadh sé gearán leis an rialtas i bpríomhchathair Yorka chun aimhrialtachtaí nó faillí a d'fhéadfadh a bheith ann i leith na n-insíothlaithe líomhnaithe Brudrenian a bhí i Shira a shéanadh.

Chomhlíon finnéithe na trialach Jon Alvo Castillano agus Gregorino de la Germania go dílis lena dtaifid i ngach ráiteas, dearbhaíonn a gcuid sínithe ar gach doiciméad a láithreacht ó thús na n-imeachtaí i gcoinne an chúisí, ábhar a cheadaigh cúlchiste agus rúndacht an cás.

Ba é Jocondo Medina an dara ceann a chuaigh chun a chosanta féin, a chosaint féin, an rud a rinne a chás difriúil toisc go raibh sé ina chomharsa i mbaile Omana, chuir an ceannaí seo tús lena ráiteas bunaithe ar na líomhaintí i gcoinne na n-eachtrannach:

Agus tusa agus na daoine eile a fhreastalaíonn ar an áit seo, ag teacht chun bheith ina n-íospartaigh ar a fheall? Agus b'fhéidir go dteastaíonn tairiscint níos fearr uait don chomhréiteach.

Bhí ráiteas Jocondo Medina gearr, simplí agus gonta, ag argóint a chuid amhras faoi mhná eachtracha. Go híorónta cúpla bliain ina dhiaidh sin, i measc theacht Sherlaka san athchonspóid lena arm de na Valkyries, tugadh ionradh ar an mbaile, ach ní gá gur thug sé sin le tuiscint gur oifigigh d'arm na Valkyries iad na Brudrenians a bhí i Shira, nó arm na mban magenta, nó arm na mban Spartan, nó gur chuid den daonra é, nó nach raibh siad dílis do chúis na réabhlóide míleata.

Faoi dheireadh chosain Medina Ballestos, Marinombo agus ionadh Francisca Cuestaza freisin mar tar éis an tsaoil cúisíodh iad go léir as na coireanna céanna agus bhí súil acu go léir leis an rún céanna ón mbreitheamh. Ag an gcéim seo den phróiseas breithiúnach, bhí go leor ábhar agus eolas ar an bpróiseas ag an ionchúisitheoir Pedro José Vásquez agus ag an mbreitheamh Josefo Vicentino Ferdinand chun a gcinntí faoi seach a dhéanamh. Maidir leis seo, dhearbhaigh an t-ionchúisitheoir don bhreitheamh:

Rud a atáirgeann ina chuid ar fad an coincheap go bhfuil sé tugtha le fios acu roimhe seo de chéad bhileog Thermidini fiche a sé ar ais go dtí fiche a seacht na háitritheoirí, Marinombo, Ballestos, agus na comhpháirtithe, geallann siad a gcoir a dhífhoirmiú le mol an chéad agus le Tírghrá dealraitheach an dara míthuiscintí gan bhunús de Medina atá tipiciúil dá carachtar dúr agus neamhbhriste, go dtarraingíonn na dúnmharfóirí fealltach atá ag smaoineamh ar éalú ó dhaoradh agus ó phionós, go dtí áit imdhíonachta, ionas go ndéanann siad dallamullóg orthu agus a gcoiriúlacht a chlúdach, glacann siad dídean i naofacht na tíre ar cosúil go bhfuil suim ag níos lú ná éinne eile inti.

A Bhreitheamh, is leomh liom mé féin a mhíniú sna téarmaí seo toisc gur fir óga singil iad triúr acu, ar féidir leo agus ar chóir dóibh an raidhfil a thógáil gan aird níos mó a thabhairt air seo, ná an ceann a thugann saol maith dóibh gan aon mhíniú agus gan mórán aclaíochta sa ceirdeanna a ghairm, agus adhartha Bacchus arb é an spiorad é a sháraíonn a tírghrá.

In ionad géilleadh dá chéad líomhaintí i gcoinne Marinombo, Medina, Ballestos agus Cuestaza, rinne an t-ionchúisitheoir Vásquez ionsaí níos géire ar na cosantóirí, rud a tharraingíonn aird ná go ndéanann sé staid an oird a mheas mar a bhí sé ar chríoch Eabhrac , d'éiligh an t-ionchúisitheoir ón mbreitheamh gur chóir go rachadh ceann de na rudaí a d'fhéadfaí a dhéanamh le triúr acu a bhí singil isteach i ranna an airm phoblachtach agus ar an gcaoi sin freastal ar chúis arm na réabhlóide toisc murach gur seirbhís liopaí amháin a bhí iontu an chúisí agus é ag labhairt ar tírghrá gan é a thaispeáint.

Ansin luaigh an t-ionchúisitheoir:

Don chreidiúnaí insolent Ballestos as na fíricí agus as an bhfíor-ghránna agus neamhleor a léiríonn sé ina chuid scríbhneoireachta tríocha sé leathanach ar epithet chomh gránna agus uafásach, a bhfuil a phrionsabail náireach ina gcionmhaireachtaí ar eolas go maith san oifig seo agus chomh claonta léi . mar gheall ar an réabhlóid mhíleata a chuireann sí i láthair sna cúinsí práinneacha seo, glacann sé leis mar dheis dúbailt a mhoráltachta a thaispeáint agus cuidiú leis an tír lena héilimh mar an ráthóir aonair agus riachtanach a chuirfidh ar an eolas muid agus a dhéanfaidh idirdhealú idir an méid atá fíor agus rud is léir geallaim duit, a Bhreitheamh, go sroichfidh do largesse tírghrá do chabhair, timpeall cúig is fiche drines,

I m'éisteacht thuasluaite, déanaim a chur i láthair duit gan pionós a ghearradh ar údair an leabhail, ar mhodh agus ar chuspóirí trua a rún, a bhí gan amhras chun ionsaí a dhéanamh ar ár rialtas ceannasach le hiontaofacht follasach, mar gheall orthu, cosúil le seisear nó tá daoine eile atá níos ceannairceach, a bhfuil cónaí orthu sa daonra seo sásta lena mbia, a neamhábaltacht, a n-idiocy agus a n-arrogance. Tá siad, an tUasal Breitheamh, chomh hard sin mura gcuirtear pionós orthu mar atá tuillte acu, cuirfidh siad comórtais uafásacha mealltach chun cinn i

gcónaí, gan eagla a bheith orthu roimh dhlíthe na réabhlóide ná na n-údarás

comhdhéanta. Mo tírghrá steely, mo mhianta ar sonas fíor leictriú orm, ag

déanamh exclaim dom ar an mbealach seo.

Chuir sé ina luí ar aireacht na fírinne seo, creidiúint go neamhleor ar na neamhoird

agus na gníomhais neamhriachtanacha go bhfaca muid go pianmhar laistigh de

mhí tar éis dúinn a chéad radharc ar Thermidini a stampáil, a chuireann ina luí air

sa phríosún é.

Rinne an t-ionchúisitheoir Vásquez iarracht ar a shon féin na cúiseanna a

mhaíomh go rachadh na cosantóirí chun an phríosúin gan idirdhealú a dhéanamh

idir an té a scríobh an leabhal (Cuestaza) agus iad siúd a dhear é, má dúirt duine

cúpla focal níos mó nó cúpla focal níos lú, ar son na bhí an t-ionchúisitheoir

Vásquez go léir le cúiseamh agus pianbhreith a ghearradh ar na cúisimh chéanna.

Tar éis do gach duine a dhearbhú, chuir Ritú Marinombo ina ráitis ag cur síos mar

pheann fuilteach agus maslach an tionscnóra fhioscaigh, an méid a luadh ina

líomhaintí agus líomhaintí coiriúla líomhnaithe, áibhéil a d'áitigh na cosantóirí

glacadh leis mar chineál fuath pearsanta ina leith.

Níor tháinig aon athrú ar staid bhreithiúnach Francisca Cuestaza, Ritú Marinombo,

Juan de Johann del Castillo y Ballestos agus Jocondo Medina in ainneoin gur

cuireadh iallach ar an ionchúisitheoir Pedro José Vásquez a chás a thréigean ós

rud é go raibh air freastal ar roinnt imeachtaí le roinnt práinne sa príomhchathair

Everesta. Láithreach chuaigh an Breitheamh Josefo Vicentino Ferdinand ar aghaidh ag ceapadh an leifteanant míliste Cronirton mar an t-ionchúisitheoir nua sa chás.

Lean an teannas ar aghaidh mar gheall ar líomhaintí an ionchúisitheora nua, maidir leis seo dúirt Jocondo Medina nár thuig sé an scéal go maith, mar a dúirt sé: níl aon cheart ag an ionchúisitheoir sa chás seo labhairt chomh drochbhéasach agus mar sin gan chúis mar gheall ar a chuid ar fad tá súile comhdhéanta de rudaí nach mbaineann le hábhar agus náire a léiríonn a aineolas go han-mhaith.

Chuir an t-ionchúisitheoir nua tús lena chuid oibre ag eisiúint rún cúisimh go gasta ina gcoinne siúd a bhí bainteach leis, sa chomhthéacs seo d'iarr Johann del Castillo y Ballestos beagán níos mó ama mar gheall air go raibh súil aige le fianaise chun é a chosaint ar na líomhaintí ach ar feadh na huaire bhí siad ar an mbealach mar sin bhí sé riachtanach fanacht beagán níos faide.

D'fhan cuntais an phróisis, dar leis an gcoimisinéir as an dícheall sin:

De bhua fhorálacha na foraithne dar dáta Frimarini na bliana 879282719826-HWOP-IIII, chuir mé roimhe seo an comhad seo a mheas de réir na pianbhreithe, agus cáineadh a rinneadh air leis an gCaptaen Aguerra faoi seo de réir na taraife a dúirt go gcaithfidh an captaen sástacht na bhfinnéithe ar fheidhmíocht an leabhair nótaí seo trí cinn déag de dhraenacha agus faigh amach sa pháipéar oifige gur chaith sé ar sé druma. Pionta sa stór coiteann. Ag tabhairt dá haire nach n-éilím rud ar bith ar mhaithe leis an gceart measúnaithe

Ghníomhaigh an Captaen Aguerra mar chineál rúnaí chun cúrsaí nós imeachta a réiteach maidir le bailiúcháin agus eagrú na gcomhad. De thuras na huaire, chríochnaigh an triail le pianbhreith dóibh siúd a bhí i gceist gan a fháil amach cá

fhad a thógfadh siad sa phríosún.

<h1 style="text-align:center">V</h1>

Ar an gcéad cheann de cheathrú na bliana scaipeadh scaipeadh nuachta 879282719836-HWOPSTUV-IIIIII go raibh Sherlaka tagtha go Shira chun ionsaí a dhéanamh ar Omana, príomhchathair Khartoum, agus mná a earcú dá arm. Ar an 6ú de quartidi, chuir an dochtúir Akomu Arudaimar, príomhfheidhmeannach polaitiúil, in iúl don aire cogaidh go raibh nuacht tagtha ó Marbata faoi theacht Sherlaka sna 5 lá deiridh de Thermidini na bliana 879282719835-HWOPSTU-IIIII go Shira, le teagmhasach go maíonn cuid acu gur 120 bean iad agus 200 eile a bhí ag bailiú arm le dul isteach sa stát. Bhí scuad de 50 bean fágtha chun Domdom a áitiú, baile comharsanachta, áit a raibh 60 bean agus iad ag fanacht le Fuega le 300 níos mó.

Ó bhí Frimarini 7 de 879282719810-HWOQR-II ar eolas go raibh 330 saighdiúir den líne ag an oifigeach Spartan Fuega ag ionsaí stát Khartoum ó Shira, idir an dá linn, mar gheall ar bhreoiteacht Marshal Banoba, an Dr. Akomu Arudaimar, príomh-pholaiteoir agus a ghabhann leis. d'eisigh an Captaen Hakrava an t-ordú ionas go liostáladh na horduithe míleata agus sibhialtacha go leor chun stát Khartoum a chosaint.

Chuaigh an Captaen Segrimi ar aghaidh go Tovoch ar an 9ú Quartidi 879282719835-HWOPSTU-IIIII, agus ar an 10ú Quartidi mháirseáil an chuid eile den trúpa ar Nezuk. Bhí Sherlaka i seilbh Tovoch agus é mar rún aige Nezuk a leanúint a bhí 4 nó 5 lá ó Omana. Ar 20 Quartidi, thug an Ginearál Banoba orduithe ó Galmont don Chaptaen Hakrava, ag rá leis go bhfuair sé 27 veterans sa bheairic, 21 ar muin capaill agus 6 ar chos, agus 300 míleatach. Bhí an Coirnéal Gonbader ar scor i nGrestol le go leor oibrithe deonacha ar fáil dó.

Ina theannta sin, d'ordaigh sé dó an Leifteanant Polo Jaramillo a bhí i Nezuk a sheoladh féachaint an ndéanfadh Sherlaka nó Fuega ionsaí ar Domdom, ó bhí Sherlaka ag ionsaí le 200 nó 300 bean ón reisimint leon. D'ordaigh sé freisin do leifteanant an rialtóra Joaquín Moreno fanacht i Tovoch le spiairí agus a bheith aireach ar aon fhaisnéis a fhaigheann spiairí Shira.

Bhí an 5 de Thermidini de 879282719810-HWOQR-II Banoba leath lá ón namhaid cheana féin. Chuaigh sé le 300 fear, bhí cuid acu ina saorálaithe agus chuaigh sé ar muin capaill. Go dtí seo, ní raibh aon ghluaiseachtaí déanta ag garastún Shira, a deirtear go raibh 100 bean ann, agus bhí díorma i seilbh Domdom ón 30 deireanach.

Ar an 7ú agus an 8ú de Thermidini d'fhan na naimhde i Zamapor. Chuaigh 50 bean Sherlaka chun cinn i dtreo Bacui agus creidtear go gcuirfeadh sé comhrac i láthair an lá sin. Ar an 9ú de Thermidini, d'fhág 50 bean Nezuk chun garastún Shira a threisiú. Tháinig 100 de na 540 raidhfil a tógadh in Estiwua.

Ar an 10ú de Thermidini mháirseáil Banoba ó Sarota go Ranga chun naimhde na réabhlóide míleata a ionsaí. Ar an 11ú de Thermidini cuireadh comhrac Jipar i láthair.

VI

Agus an dá arm ag tabhairt aghaidh ar a chéile anois, thit fir Banoba ar ais, ach ní sula ndearna siad cinnte go raibh siad faoi chosaint ag báisteach na séideán, an Spartan ag muinín chomh héasca agus a bhrúigh siad na hoifigigh ar ais, bhí sé de mhisneach acu iad a shaothrú go dtí I nGleann Tovoch, mhothaigh mná Spartan an bua go dtí gur thosaigh siad ag canadh laoidh bua na mban, ach ansin tháinig siad trasna cnoc ag cur thar maoil le saighdiúirí ó reisimintí éagsúla a tháinig chun na trúpaí a threisiú.

Thosaigh siad ag screadaíl cosúil le tigers grgrgrgrgrgr! Agus ansin roared siad níos airde grgrgrgrgrgrgrgrgrgrgrgrgrgrgr! Staggered ionas nach ligfidh tost do scáth a ghrgrgrgrgrgrgrgr fuaime! Ar mhaithe le imeaglú a dhéanamh ar Sherlaka agus a Spartaigh, go tobann, ar an toirt, bhí an chuma ar an scéal go raibh a n-éifeacht shíceolaíoch ag a gcloigíní dorcha, ná bog óna n-áiteanna, scairt Sherlaka lena cuid cumhachtaí go léir, agus na Spartaigh, ag creidiúint go dall sa cheannaireacht de seo, d'fhan siad gan ghluaiseacht roimh an ordú.

I láthair na huaire tháinig an Ginearál Banoba, agus é ag smaoineamh ar amharclann an chogaidh, ní fhéadfadh sé a chreidiúint go raibh na mná uafásacha Spartan timpeallaithe go hiomlán ag a arm, ní raibh aon éalú acu, i gcuideachta a garda pearsanta theastaigh uaidh dul chuig Sherlaka a bhí istigh ann an líne tine, ach nuair a chonaic sí an ceann seo a thug dúshlán di, thug sí masla dó le míle díbirt agus í ag bagairt air dá rachadh sé chuige nach mbeadh aon leisce uirthi lámhach.

Tuigeann Banoba go raibh Sherlaka dáiríre, agus mar sin theastaigh uaidh stad agus labhairt léi as sin, cúpla méadar uaidh, agus chun muinín a ghiniúint thug sé na hairm a bhí á iompar aige dá fhir a bhí in éineacht leis agus é ag féachaint go hiomlán ar gach ceann díobh iad. Agus an rud a spreag minstrel a spreag muses na Gréige, an rud a thosaigh file ó na Lochlannaigh Valkyries, an rud a chonaic trioblóid ag banphrionsaí na meánaoiseanna, le hóráid a raibh sé mar chuspóir aici iad féin, an Spartan álainn milis, mar a thug Banoba air, aontú a gcuid arm a sheachadadh ar an rialtas.

Cén fáth troid inár gcoinne má táimid comhionann leat? Cad iad na cúiseanna polaitiúla atá thar éileamh na mban? Cén fáth nach réitíonn tú an cineál seo coimhlinte trí idirphlé? Cad atá á lorg acu i ndáiríre le hairm? Cad ba mhaith leat go ndéanfaimis chun iad a stopadh chun smaoineamh ar choimhlint armtha a stopadh? An bhféadfaimis teacht ar chomhaontú polaitiúil? Nach raibh meas againn ar na dlíthe? Nach bhfuil meas mór againn ar dhínit na mban? Cad é an choimhlint?

Ní raibh Sherlaka ag iarraidh géilleadh, mar gheall uirthi a bheadh ag feall ar chúis na mban, ná ag iarraidh aon chomhartha laige a thaispeáint, chuir sí isteach go tobann ar Banoba le caoin chath. Theastaigh uaithi a thaispeáint freisin go raibh fórsa conspóideach aici, go raibh cúiseanna dáiríre ag a cuid focal, seachas ceist pholaitiúil, lena chur ina luí ar a cuid trúpaí gur cúis chóir a bhí sa chogadh, chomh maith le bás a fháil más gá gníomhú, mar gheall ar an ceannairí reibiliúnach, bhain gach rud le prionsabail na saoirse agus an chomhionannais iomláin, iomlán a gcearta i gcoinne na bhfear i ngach réimse ní amháin de Yorka, ach freisin dá náisiúin comharsanacha Jorwait agus Azyatar, agus lasmuigh de na teorainneacha, i Brudrena agus sa chuid eile de sin pláinéad aisteach.

Agus mar a deir siad amuigh ansin, bhí an t-am ceart, agus bhí an áit seo. Mar sin, lean Sherlaka ar aghaidh ag triall ar a cuid trúpaí le Long beo an chúis baineann! Go maire sibh na mná! Go maire tú do chearta chun saoirse agus comhionannas! Ar fhreagair mná Spartan dóibh, ag ardú a n-arm, Go maire sibh! Beo! Beo! In ainneoin na neirbhíseach ba chúis leis seo arm Banoba, d'fhan siad ag a bpoist, airm síos. Agus chuir Banoba féin a néaróga cruach faoi thástáil ó bhí sé os comhair Sherlaka agus chuir sí a hairm in iúl dó beagnach.

Thosaigh Sherlaka, ansin, lena óráid, rud beag fileata, rud beag polaitiúil, rud éigin faoi gach rud:

Cailín a bhí ionam, agus mé le mo mháthair i gcomharsanacht foirgnimh, thart ar dhá ka ar shiúl ó phríomhshéadchomhartha Everesta, bhí sé 30 quartidi ag 0: 98wu-x uair an chloig, páirtí mo mháthair, buachaill a bhí bainte amach agam tar éis bás m'athar, bhí sé an-ghalánta liom, ba bhreá leis aithris a dhéanamh ar véarsa éigin de na filí dúr clasaiceacha sin, rinne sé iarracht muinín a fháil as, i mo neamhchiontacht, ar feadh nóiméid chreid mé é agus ghlac mé leis, ach níor ghlac.

Mealladh fíochmhar ar fad a bhí ann, is é fírinne an scéil an lá sin, a ghlaoigh sé orm, nach ndearna sé é le guth ard sona mar a bhíodh sé ag déanamh, ach bhí a ghlao beagnach cosúil le murmur, chuir sé sin iontas orm i dtosach dearcadh, ach ós rud é go raibh muid gar ón mbaile, shíl mé, b'fhéidir, go raibh an scéal faoi smacht agam, mar an gcéanna, gur dlúthchairde iad na comharsana linne agus bhí mé cinnte dá scaoilfinn nó dá mbeadh aon amhras ann, go ndéanfaidís láithreach teacht i gcabhair orm.

Mar sin, go muiníneach, d'aontaigh mé lena ghlao. Is é an t-aon rud is féidir liom a mheabhrú ná nuair a shroich mé é, chlúdaigh sé mo bhéal le éadach agus d'éirigh liom é a scríobadh i mo chosaint, ach go dtí an lá eile a raibh a fhios agam gur éigníodh mé, chonaic mé fuil timpeall ar mo faighne. Is é an rud is measa ar fad ná go leanfaí ar aghaidh le laethanta agus míonna éignithe, labhair sí liom le híogair áirithe, amhail is dá mbeadh sí ag iarraidh comhchoirí a dhéanamh dom, thug sí bronntanais dom, agus níor iarr mo mháthair rud ar bith orm riamh cé go raibh amhras uirthi faoi rud éigin.

Chuir gach rud an-mearbhall orm, mhothaigh mé salach, gach uair a éignigh sé orm b'éigean dom folctha a thógáil chun iarracht a dhéanamh an tionchar síceolaíoch a thug sé orm a mhaolú. Uaireanta, ar scoil ba mhaith liom caoineadh, dúirt na múinteoirí go raibh sé mar gheall go raibh troid agam le duine éigin sa seomra ranga, agus níor leomh na múinteoirí, cé gur thug siad consól dom, aon rud a iarraidh orm ar an gcúis dúr sin nár chlis siad leomh dul isteach i saol príobháideach daoine.

Agus bhí mé fós ann, millte, ní raibh ach mo bheirt chara is fearr a d'áitigh go n-inseoidh mé dóibh cad a bhí ag tarlú liom. Is dócha go raibh a fhios aige conas dul i bhfolach go han-mhaith mar ag an nóiméad is mó brú, nuair a bhí mé ar tí an réaltacht uafásach a bhí ann go raibh sé ina chónaí a insint dóibh, nó go dtiocfadh sé, nó go dtarlódh rud éigin, seachas sin, rinne mé iarracht i gcónaí mo dheora a shníomh. , Is cuimhin liom go raibh mé cúthail, ach de réir mar a chuaigh an t-am ar aghaidh d'éirigh mé i bhfad níos intinní.

Níor stad rudaí ansin, ón oiread sin faoi ghlas a chur orm féin i mo smaointe féin, thosaigh mé ag fulaingt sraith fadhbanna síceolaíochta a bhí ag tosú ag dul in olcas ar mo shláinte choirp, is minic a theip orm, agus ar chúis éigin, ghlac na daoine timpeall orm é go léir mar rud gnáth a tharla dom, ar dtús mar gheall ar rudaí óige, agus ansin mar gheall ar an ógántacht, ag pointe áirithe i mo shaol bhí mé ar tí an mac soith sin a dhúnmharú, ach níl, buíochas le maitheas a throid sé le mo mháthair agus d'imigh sé gan é a fheiceáil arís, ach má fheicim é cuimilt a güevas amach.

Is é an pointe gur thosaigh mé ag úsáid drugaí ansin, agus a bheith i mo fraochÚn lánaimseartha, ós rud é, le linn m'ógántachta, go gairid sular chríochnaigh mé mo chuid staidéir thánaisteacha, gur chodail beagnach leath na scoile liom, agus cé gur dhúnmharaigh leath an domhain mar gheall orm. , II nár tugadh aird ar bith ar na rudaí sin a thuilleadh. Bhuel, is tusa Banoba, an bastard ginearálta de na daoine seo is rapists, a ghlaonn orainn go léir whores, agus go bhfuil an frith-réabhlóid seo i ndáiríre éirí amach de whores mar a déarfá, tá tú ceart, táimid whores, ach toisc go raibh muid éigniú, agus fiú toradh éignithe, agus is é sin an fáth gur éirigh muid amach, chun fíor-cheartas a dhéanamh, na mná a chónaí fada! Beo!

Agus ní hé sin go léir! Chuir tost isteach go gairid ar fhianaise Sherlaka, thug gach duine faoi deara go raibh sí ag caitheamh deora ar a leicne, ach ghlac sí anáil dhomhain agus lean sí ar aghaidh. Díreach mar ba mhaith liom go mbeadh a fhios agat an méid olc atá bainte amach ag na bastards seo (ag tagairt do Banoba) is ea go mbeidh mé ag insint dó.

Tharla sé le cara Xeyola, bhí sí in Ollscoil Lárnach Everesta, sin tráthnóna, is cosúil go raibh cara, nó ina áit sin, cara ceaptha léi sa charrchlós ag freastal ar roinnt málaí, nuair a rith siad sin mo cara, in éineacht le cairde eile, agus d'iarr air cabhrú léi roinnt málaí a thabhairt chuig dámh na heolaíochta eachtardhomhanda, agus conas nuair a shroich siad oifig, rinne an fear sin na málaí a bhí á iompar aige a dhíluchtú agus ruaig sí uirthi le hiarann a d'iompair sé go tobann. sa lámh agus mar a bhain sé é.

Dúirt mo chara liom nuair a d'éirigh léi múscailt, sin nuair a thosaigh an tromluí ar a son, toisc go dtarlaíonn sé gur dhúisigh sí i sliabh, níl a fhios aici conas a d'éirigh sí ann, agus is cosúil go raibh sí ceangailte lámh agus cos, agus chonaic sí mar atá sé Go raibh mac soith in aice láimhe ag meilt scian, in ionad screadaíl nó éadóchais, thosaigh sí ag pleanáil éalú, toisc go raibh sí cinnte nárbh é seo a lá leis an ainmhí sin de chuid fear.

Bhí sé aici ansin ar feadh an lae, thug sé rud éigin le hithe dó agus mar a d'fhéadfadh sé, chodail sé san oíche, toisc gur seachtain stoirmiúil iomlán a bhí ann don rud bocht, is é an rud is uafásaí is féidir a tharlóidh do dhuine, más ea mac soith is féidir é a mheas ar an mbealach sin.

Tarlaíonn sé, ón gcéad lá, gur éignigh an fear sin í, phóg sé í ar fud a colainne, brú a riteoga, agus gan a bheith sásta leis sin, rinne sé gáire gach uair a thug sé faoi deara go raibh sí neirbhíseach nó feargach, ach nach bhfuil mac soith sásta lena lámha agus a chosa a bheith daingean rinne sí ceangail nua le criosanna leathair a bhfuil a fhios aici cá raibh an oiread sin aici.

Thosaigh mo chara, agus í ag iarraidh fanacht socair, ag déanamh anailíse ar an timpeallacht ina raibh siad, mar bhí a fhios aici go mb'fhéidir go mbeadh rogha eile ann chun éalú ón tromluí sin, labhair mac síceapatach soith, mar atá gach fear, léi an t-am ar fad , ag ligean air gurb é an t-ainmhí sin é, ag rá rudaí deasa leis, an féidir leat a chreidiúint? (Thug sé aitheasc do mhná Spartan) go raibh a leithéid de bhiastán ina intinn néareolaíoch ag iarraidh í a chur ar a suaimhneas san ifreann uafásach sin.

Agus mar sin tharla sé cosúil le dhá lá, agus amhail is go raibh sé ag mothú go raibh na húdaráis cóngarach, d'iompair sé í ar a ghualainn, agus thóg sé níos faide isteach san fhoraois í, ag leanúint rianta na n-ainmhithe, shiúil an fear ar feadh na maidine go dtí go raibh sé tuirseach agus shocraigh siad go raibh siad chun fanacht in aice le cnoc creagach mar bhí grá ag mac soith di ... sin grá na bhfear!

Agus choinnigh sé é ag éigniú agus ag céasadh léi le síceolaíocht íon go raibh sé chun í a mharú, díreach mar a bhí na bastards seo go léir ag iarraidh imeaglú a dhéanamh orainn (ag cur in iúl don arm) anois lena roic shitty. Ba ghnách leis an bhfear sin a rá le mo chara nach raibh aon bhealach amach aige, gan aon rud a thriail, go raibh sé ag iarraidh blianta fada a dhéanamh di, an mac soith sin ag smaoineamh gur úinéir na mban é.

Nuair a tháinig deireadh leis an tseachtain ifreannach sin, d'éirigh léi léim ó cheann de na carraigeacha ina raibh siad agus mar a d'fhéadfadh sí, d'éirigh sí as na ceangail agus rith sí mar nár rith sí riamh ina saol, agus mar sin thosaigh mac soith ag lámhach léi mar agus ag rith ina dhiaidh, sílim go raibh an t-ainmhí ag béicíl air, is leatsa é, níl tú chun éalú, táimid chun bás a fháil le chéile, ar chuala tú sin? Tá siad uile péinteáilte ansin, sin an rud atá ag fanacht leo má ghéilleann siad, scairt Sherlaka níos mó fós, agus lean sé ar aghaidh.

Bhí a fhios ag mo chara, agus í ar an eolas go raibh an bóthar fada agus go raibh an fear taobh thiar di le gunna, conas smaoineamh, agus chuaigh sí isteach i gcineál labyrinth lán de chrainn, cheana féin ag trot tomhaiste, ionas nach mbrisfeadh a neart . Chuir sé ídiú uirthi, bhreathnaigh sí ar an bhfear dÚsachtach gach uair, go luath, thuig sí go raibh sé ina shuí ar log, d'fhéadfadh sí féachaint air i gcéin, mar sin rud beag níos ciúine, ach diongbháilte bealach a fháil amach, lean sí ar aghaidh, gan aird a thabhairt ar an síce sin a thuilleadh.

Mar a d'fhéadfadh sé, d'éirigh leis maireachtáil dhá lá ar an mbóthar, ag ithe an fheithid corr a d'fhéadfadh sé a ghabháil, go dtí go bhfuair sé teaghlach a bhí ag campáil, ag screadaíl, agus gur thit an rud bocht, nuair a dhúisigh sé, bhí sé in ospidéal , buíochas le maitheas bhí an teaghlach an-chineálta léi, agus gan am a chur amú d'iarr sí ar na póilíní teacht.

Agus sin mar a rinne sí aithris go mion ar gach a tharla di leis an motherfucker dúnmharfóir rapist síceapatach, tar éis di téarnamh, shocraigh sí, in éineacht le roinnt cairde agus teaghlaigh, go raibh siad chun an fear sin a chuardach. Mar gheall air sin, de réir dealraimh níor éirigh leis na póilíní é a aimsiú fós.

Bhí cara liom ag dul a fheiceáil aghaidh an cac sin, agus an buille a bhí tuillte aige a thabhairt dó, ach bhí cuid dá chairde agus dá mhuintir a bhí in éineacht léi sásta é a mharú le scian nó le hairm tine nó ag pointe na mbuille, ach sin ní fios. bhí sé ag dul a bheith mar seo. Agus ansin mar a fuair siad é an lá dar gcionn, in aice le sruthán gar don áit ar choinnigh sé í á fhuadach, agus mar a rug siad air, agus idir a athair agus a bheirt chairde thosaigh siad á chrochadh.

Agus bhí mac soith chomh maith sin gur tháinig mic na bitches ag an nóiméad sin, nuair nach bhfuil siad ag teastáil a thuilleadh, b'éigean dóibh cúpla urchar a lasadh san aer mar dhiúltaigh siad géilleadh don ordú é a scaoileadh saor. D'éirigh an fear grinn, mar ab fhearr a d'fhéadfadh sé, ó chairde Xeyola, agus sin nuair a bhí na póilíní in ann é a stopadh sa deireadh.

Le bheith cinnte go raibh an mac soith sin ag dul a íoc as an méid a rinne sé, shocraigh na gaolta agus gach duine a chuaigh in éineacht le mo chara, í ina measc, dul leis na hoifigigh chun na cúirte áitiúla, agus conas atá sé ag fucking Glaonn sé air féin Bhí an breitheamh chun é a scaoileadh saor, de bharr easpa fianaise, agus níl a fhios agam cad eile a cumadh cac ionas go bhféadfadh an fear dul saor agus le saoirse ó phionós.

Ansin tagann an breitheamh amach ag rá gan a bheith buartha, go raibh an triail ag dul ar aghaidh de réir an phróisis fucking dlite cac agus blah, blah, blah, agus conas atá sé gur thosaigh gaolta agus cairde mo chara Xeyola ag screadaíl sa chúirt , ag éileamh an cheartais, toisc nach ceartas ná rud ar bith an cac mór sin a raibh an breitheamh ceaptha ag caint air, agus conas a léirigh comharsana na comharsanachta dlúthpháirtíocht le mo chara agus chuir siad bac ar an slí amach ón gcúirt.

Mar sin b'éigean dóibh treisithe a ghlaoch mar níl a fhios agam cad é an fhadhb a bhaineann le hord poiblí, nuair a bhí an fhadhb á cruthú ag an mbreitheamh céanna a bhí ag iarraidh é a scaoileadh leis an ngealltanas ceaptha go leanfadh an triail lena cúrsa, ach cad a dhéanfaidh Tá a fhios ag gach duine nach dtarlaíonn aon rud, agus d'fhéadfadh an mac soith sin dul abhaile chomh socair nó mura dtarlódh aon rud.

Mar sin cén chaoi a bhfeictear duit go raibh gach duine chomh diongbháilte gan ligean don fhear craiceáilte sin éalú go raibh rún daingean acu dul i muinín na bpóilíní, agus sin cac a foirmíodh, sílim gur gortaíodh oifigigh póilíní agus gur gabhadh níos mó ná duine amháin, agus Is é an rud is mó a chuireann fearg orm ná gur ghabh siad fiú mo chara, go leor bastards, an breitheamh agus a chairde fear mórbhealaigh a nglaonn siad orthu féin mar phóilíní.

Agus cad a tharla? Sa deireadh, rud ar bith, is é an t-aon rud a d'fhéadfadh a bheith ar eolas ag mo chara ná go raibh an fear ar promhadh mar gheall gur íoc sé airgead, má fheiceann tú? Is féidir fiú an ceartas a bhreabadh sa tír fucking seo de patriarchy. Chuaigh sí amach an lá dar gcionn, agus b'éigean di bogadh ón mbaile, saol nua a thosú in ollscoil eile, agus an eagla go mbuailfeadh sí leis an bhfear sin arís.

Tar éis di a cuid cainte a chríochnú, d'iompaigh Sherlaka timpeall agus thosaigh sé ag cur isteach ar na Spartaigh, an é sin a theastaíonn uait? Nooo, d'fhreagair siad go léir i dteannta a chéile, mar sin cad atá uait? Teastaíonn an ceartas uainn, d'fhreagair siad arís le níos mó fórsa agus bríomhar, agus ansin lean siad ag béicíl, an ceartas! Dlí agus Cirt! Go maire sibh éirí amach na mbréag! Go maire sibh éirí amach na mbrú naofa!

Fágadh Banoba agus a chuid fear go litriúil lena mbéal oscailte ag caoineadh cogaidh den sórt sin, toisc gur chosúil go raibh siad bródúil as a bheith ina mbrúiríní millte ag Yorka, gur chothaigh an caoineadh cath seo a mian cumhacht a urghabháil le hairm, ar dtús trí cheartas do na mná go léir. , agus ar an dara dul síos, toisc go ndearna siad machnamh ar shár-whores de chineál éigin san éirí amach, thug siad atmaisféar áirithe uafáis dóibh.

Go tobann, go tobann, dhírigh Banoba a arm os comhair Sherlaka agus choinnigh a fhir go léir ag pointeáil ar an trúpa Spartan, ba é an t-aon bhealach chun iad a chur ina dtost, agus ba é sin an aidhm a bhí leo, ach réitigh siad, na whores in éirí amach, gach rud, chuir siad a gcuid arm in iúl do gach duine acu freisin.

Chuir Banoba síos é agus thosaigh sé ag screadaíl, cosúil le Sherlaka, ag rá go raibh sé de cheart aige labhairt freisin, go gceadófaí dó sula maródh gach duine a chéile, ionas gur aontaigh Sherlaka, tar éis sos tost, amhail is gur iarratas deireanach amháin a bhí ann roimh gach duine bás. Ansin thosaigh Banoba ag rá:

Ba bhuachaill 7 mbliana d'aois mé, nuair a thug cailín comharsan, is cuimhin liom a hainm go han-mhaith, Sira, cuireadh dom chuig campa a rinne sí ar imeall Everesta, in aice le sliabh, ansin d'fhanamar in éineacht le míle eile páistí ó chodanna eile chun gníomhaíochtaí áineasa agus spóirt a dhéanamh, bhí eispéireas gan chuimhneamh againn, ní raibh ach sonas inár measc, is cuimhin liom gur fhoghlaim muid go leor ealaíon láimhe agus sraith bealaí nua agus nuálacha chun amhránaíocht, seinm, bhí gach rud iontach .

Go dtí gur bhuail comhordaitheoir ár rannóige linn na treoracha deireanacha a thabhairt dúinn maidir leis an tsiúlóid a dhéanfaimis an lá dar gcionn. Bhí an chuma ar gach rud go raibh sé éasca, simplí, ní raibh ann ach siúl ag leanúint cosáin aitheanta, bhí orainn fanacht chomh gar agus ab fhéidir dá chéile agus bhí feadóg ag gach duine againn, i mbeagán focal, bhí an ghníomhaíocht de réir an chláir ón tús an champa, ina theannta sin, ba rud coitianta é a rinneadh gach bliain.

Ba é an ceathrú lá de mhí Frimarini sa bhliain 8792-HQR-I, uaireanta iad siúd a bhfuil an oiread sin ama agam orthu, bhí mé an-luath, réidh ar fad, lenár málaí luchtaithe le go leor bia agus riachtanach don lá, mar Ní raibh mórán cairde agam, shocraigh Sira dul liom, os mo chomhair. Bhíomar cúramach leis na hainmhithe agus na fabhtanna a bhuail muid ar an mbealach, stad an comhordaitheoir as a cuid ó am go ham chun a fhíorú go raibh muid uile críochnaithe.

Tháinig meán lae, bhí lón againn, agus tar éis treoracha eile leanamar ar aghaidh lenár gcosán. Ar chúis aisteach éigin, tar éis dó roinnt toir a thrasnaigh ar an mbóthar a thrasnú mar gheall ar dhoirteadh torrential a thit seachtainí ó shin. Muiníneach mar a bhíomar, ag insint scéalta grinn, ag caint faoin scoil, béilí ag campa, gossip agus an oiread sin rudaí a tharla dúinn agus muid ag siúl, thuig muid, agus níl a fhios agam tar éis chomh fada, go raibh muid caillte.

Cad a tharlaíonn? Cá bhfuil an banna a cheanglaíonn sinn? Chuireamar ceist orainn féin i dteannta a chéile, ansin choinnigh sí uirthi ag fiafraí di féin, Cá bhfuil muid? Conas a éireoidh linn a bheith ann? Cá fhad a chaithfimid a bheith caillte? An mbeidh a fhios ag éinne? An mbeidh a fhios agat go bhfuil muid anseo? Agus ansin bhí sé gur thosaigh Sira ag caoineadh.

Ar an gcéad dul síos, thuig muid go raibh muid ag siúl ar chosáin níos lú le fada an lá agus nach raibh siad i gceannas áit ar bith, agus sa dara háit, ní raibh aon smaoineamh againn cá raibh muid, agus is measa ar fad, go raibh ár mbia gann. Mar sin, thosaigh mé ag caoineadh freisin, chuireamar barróg ar feadh i bhfad, ag tabhairt sóláis dá chéile, ach dom féin bhí mé ag déanamh iontais, agus anois, cad atá le déanamh againn? Ní raibh duine fásta timpeall orainn a d'fhéadfadh cabhrú linn, mar sin thuig mé go gcaithfimid an tionscnamh a ghlacadh má bhí muid le maireachtáil.

Sheol mé do Sira go ndéanaimid iarracht filleadh ar ais chun deis a bheith againn a bheith in aice leis an bpríomh-rian, tá sé éasca! Spreag mé í, d'aontaigh sí leis an bplean, agus mar sin thosaíomar ag siúl, ag iarraidh cuimhneamh agus na rianta a bhí fágtha againn a fheiceáil agus súil againn an pointe tosaigh a bhaint amach inar imigh muid ón bpríomhbhealach.

Tar éis siúlóid fhada, stad mo chara, dúirt sé liom go raibh sí an-tuirseach, agus go raibh ocras uirthi, cé go raibh mé ar tí éadóchas a bheith sa bhaile arís, thuig mé gur gá do mo chara athlíonadh a dhéanamh, ghlac mé liom féin mar speiceas de cosantóir, ach ina dhiaidh sin thuigfinn gurb í an té a thug cosaint dom i ndáiríre.

Féach, anseo tá roinnt ríse tuinnín agam a bhí breise agam do mo dhinnéar. Roinn mé cuid mhaith de mo bhia léi agus an méid céanna seacláide a thug mé leis, gur chuir sé mothú an-mhaith orainn, go háirithe sí, a dúirt sí, móide trácht éigin eile a rinneamar faoi na rudaí a bhí le déanamh againn nuair a d'fhill muid ar ais Thug mé faoi deara, nár caoin arís.

Shiúil muid tamall níos faide, agus thuig muid go raibh sé an-mhall cheana féin, an ghrian Centauri ag luí, agus an oíche ag éirí níos dorcha ná mar a shamhlaigh mé. Mar a d'fhéadfaimis, chuireamar campa beag ar bun, tar éis dúinn an talamh a mheas agus a ghlanadh, mar bhí roinnt pinn luaidhe agam a thug mé isteach i mo bhrístí, cas mé é leis an scian a bhí ag mo chara agus chuir mé timpeall ár bpuball beag iad sa sórt sin. bealach ar ghlac mé leis mar chosaint ar aon ainmhí a d'fhéadfadh druidim leis.

Bhí an chéad oíche sin dorcha i ndáiríre, níor lig torann míle cineál ainmhithe dúinn codladh go síochánta, dhúisigh Sira gach uair chomh minic agus bhrúigh sí orm fiafraí díom féin an gcloisfinn, dá bhfaca mé an rud eile, mé Bhí mé ag iarraidh fearg a chur orm, ach an rud a chonaic mé í agus mé i dteagmháil léi go leor chun a bheith foighneach léi, rinne mé iarracht a chompord a thabhairt di i gcónaí ag rá léi go ndéanfaidís tarrtháil orainn go luath, nár cheart di a bheith buartha.

An lá dar gcionn, go han-luath, shocraigh muid leanúint ar aghaidh ar ár mbealach, cinnte go raibh muid gar don phríomh-rian, ach ba é fírinne an scéil go raibh muid ag éirí níos faide agus níos faide ónár gcuspóir gach lá. Ritheadh an lá sin, agus ceann eile, agus ní raibh bia nó rud ar bith againn a thuilleadh, ní raibh le déanamh againn ach maireachtáil mar ab fhearr a d'fhéadfaimis.

Tar éis an oiread sin siúl, agus constaicí a rith ar an mbealach, thugamar suas, shocraigh muid gan leanúint ar aghaidh ag siúl, mar sin, an uair seo, d'fhéachamar ar tír-raon a cheapamar a bhí oiriúnach chun ár bpuball a shuiteáil, i bhfad níos daingne, le beagán níos mó. slándáil, mar seo ar a laghad. Shíl mé amhlaidh.

Níl a fhios agam an raibh sé meán oíche, ach an t-am sin, nuair a bhí mé in ann codladh faoi dheireadh mar gheall ar ídiú, mhothaigh mé buille ar m'aghaidh mar nár mhothaigh mé riamh, idir chodladh agus shú isteach leis an méid a tharla, chuala mé an roar béar, a bhí os mo chomhair, scread mé, agus níl a fhios agam, nuair a fágadh marbh mé i láthair na huaire gur léim an t-ainmhí orm, mhothaigh mé crúiscín as mo chom a tharraing mé achar éigin ón bpuball, ba í Sira, mo banlaoch, a chaith í féin ag gáire nuair a fhágann muid an áit sin eagla agus ansin i bhfolach chun a fheiceáil conas a bhain an béar ár bpuball go píosaí.

Thiocfadh an rud is measa nuair a thosaigh sé ag cur báistí an-deacair an oíche chéanna sin, níl a fhios agam an raibh sé mar gheall go raibh muid ag dul i dtaithí ar an stíl mhaireachtála sin, ach níor chaoin ceachtar againn, ach ina ionad sin d'fhéachamar ar chrann ard agus leathan go leor chun fónamh mar ár dteach nua agus mar sin pas a fháil sa bháisteach dorcha agus an-aisteach, deirim aisteach mar gheall ar bháisteach sé an oíche sin agus an lá ar fad go dtí gur tháinig tuile mhór air. Ar ámharaí an tsaoil, bhí torthaí an-speisialta ag an gcrann ina raibh muid lonnaithe a chuir te ón bhfuacht muid agus a líonann ár mbolg.

Ag deireadh lá nua agus an rud a rinneamar ná caint agus labhairt cibé rud a tháinig chun cuimhne, rinneamar gáire, scairt muid, chodail muid go síochánta fiú, ach chaoin muid agus ghlaodh muid arís, ach, nuair a thuig muid é, ní raibh aon rud le déanamh againn ithe agus bhí an tuile buan, is é sin, nár thriomaigh an chuid sin den fhoraois riamh.

Í traochta anois, gan neart coirp agus le meanma íseal, shocraigh mé go raibh mé chun bás a fháil, dúirt mé le Sira go luífinn síos chun fanacht chun báis, gur chóir di an rud céanna a dhéanamh, bhí go leor timthriallta den Centauri rite agam cheana féin. , agus níor éirigh leo rud ar bith a dhéanamh. Sí, níl a fhios agam cá háit nó conas a ghlac sí an misneach a rá liom go mbeadh gach rud go breá, níor chaoin sí, ní fhaca mé a caoineadh arís, sula raibh sí dáiríre, ciúin, ag machnamh ar mo shúile, níor phógamar riamh, ach thaitin sé go mór linn ár súile a mhaolú. leicne.

Dhún mé mo shúile, agus luigh sí síos freisin ar stoc eile den chrann, cheangail sí lenár lámha fite fuaite, dúirt sí, gan neart, liom i guth an-íseal go mbeadh gach rud go breá, mhaolaigh mé, déarfadh sí liom níos déanaí, agus choinnigh sí ag féachaint ar m'aghaidh.

Déarfadh Sira liom, tar éis dom lagú, gur rith sí le mo stoc, gur thóg sí roinnt fíniúnacha agus gur cheangail sí lena choim í, shuigh sí in aice le mo chosa, ina dtost cheana féin, toisc go raibh a guth imithe, b'fhéidir, ag fanacht le bás freisin. Nuair a tháinig sé go tobann, chuala sé fuaim long idir-réaltach a bhí á lorg againn, ní cineál loinge speisialta í ach le haghaidh taiscéalaíochta seach-phláinéidigh, ach gur shocraigh an rialtas í a úsáid mar rogha dheiridh ós rud é go raibh sé dodhéanta í a fháil linn le gnáth-longa eile.

Dhúisigh Sira, d'fhéach sí suas, agus thuig sí gur tarrtháil a bhí ann, ach conas a chur ina luí orthu í a fheiceáil? Mar a d'fhéadfadh sí, dhreap sí an crann tamall maith, toisc nach raibh sí in ann screadaíl, shín sí a lámha amach, ag déanamh comharthaí féachaint an bhfaca siad í, agus ab fhéidir, agus a fhios aici go mbogfadh sí uaidh tráth ar bith, léim sí uaidh. an crann le hairm oscailte, amhail is dá mba mhaith leis eitilt díreach cosúil leis na héin a raibh muid cleachtaithe leo. Agus is ar an mbealach sin a chonaic siad muid agus a bhí in ann iad a tharrtháil.

Ba é sin an fórsa ar labhair Banoba leis, an oiread sin na hargóinte a d'úsáid sé, na focail athmhuintearais a léirigh sé, gur mhothaigh a fhir brón as a gcuid arm agus gunnaí móra a chur in iúl i gcónaí ag na mná Spartan seo, a bhí níos mó ná arm, dornán bláthanna gairdín a bhí ann, sin mar a chonaic na saighdiúirí iad, agus aisteach go leor, sin mar a mhothaigh siad, agus mar sin d'ísligh siad a gcuid arm go léir freisin.

D'ardaigh Sherlaka a arm ag súil le freagairt fhabhrach óna Spartaigh, chuir sé caoineadh díoltais orthu, sheinn siad amhrán bua na mban, agus d'fhan Banoba agus a chuid fear le teannas éigin le feiceáil conas a dhéanfaidís freagairt, cad a dhéanfaidís. D'áitigh Sherlaka, in iarracht a dhéanamh iad a mhachnamh ar an gcúis chóir a bhí le éirí amach na mbréag, ach ní dhearna aon ní, gan aon Spartan a arm a ardú, ba ansin a d'fhiafraigh Sherlaka go géar, cad atá cearr leo? An mbeidh siad ina luí ar na hailtí úsáideacha seo, nach n-úsáideann ach óráidí chun hegemony patriarchal a choinneáil i gcoinne gach duine againn?

Nuair a chonaic sé Sherlaka nár ghéill aon duine dá Spartaigh dó, tháinig fearg mhór air, ansin chuaigh sé chuig Banoba, ag cur an airm in iúl dó, ach choinnigh sé, i ngníomh an-riosca, a arm síos, is máthairfhreastalaí triple, ainmhí neamhíogair tú, is tusa. is francach dhá chos iad, an imbecile is imbecile, an bastard is mó, agus maslaí gan áireamh a lean ar feadh roinnt nóiméad, d'fhan an chuid eile, gach duine eile, ina dtost, thosaigh Sherlaka ag caoineadh go hard, le torann, D'fhág sí an áit, an Chuir mná Spartan iallach orthu a mbealach a rith, nuair a chonaic siad saighdiúir i líne chosanta, bhagair siad air agus dúirt siad leis go maródh sé é mura ligfeadh sé di imeacht. Ar ionadh, thug Banoba ordú di ligean di imeacht, agus mar sin níor chualathas riamh arís í.

Idir an dá linn, shocraigh Francisca Cuestaza, a bhí saor ó mhná Spartan, taisteal go Everesta arís, chun coinne a dhéanamh leis an aire gnóthaí speisialta, an Coirnéal Maikinet, chun an t-ábhar a d'imigh as a fear céile a lua.

Cé gur chuir na Spartan agus na Valkyries tús le frithbheartaíocht chun an rialtas míleata a thaisceadh, bhí an rialú críochach i Eabhrac ar fad sách beag i gcomhréir leis an tír, bhí sé cosúil le cineál tús na cogaíochta eadarnaíoch, áfach, réigiúin ina raibh Shira agus eile bhí bailte in aice láimhe suite, i dteannta le ceantair áirithe timpeall Yorka, bhí sé faoi smacht na n-arm reibiliúnach seo, i gcás Banoba agus a chuid fear, ní fhéadfaidís, faoi láthair, leanúint ar aghaidh ag dul ar aghaidh, ós rud é nach raibh sa ghrúpa Sherlaka ach a teagmhasach beag roimh ré, agus choinnigh an chuid is mó d'arm Spartan rialú críochach gar don cheantar.

Tar éis roinnt iarrachtaí, d'éirigh le Francisca bualadh leis an gCòirneal Maikinet agus seo a dúirt sé léi:

Coirnéal, tá imní orm mar gheall gur fhuadaigh bean óg m'fhear céile agus tá roinnt gréine Centauri ann cheana féin nach bhfuil le feiceáil, is féidir liom cur síos a dhéanamh ar an gcuma a bhí uirthi, níos mó nó níos lú dúirt siad liom cá háit is féidir léi a bheith, ach cuidigh liom le do thoil , Teastaíonn fear céile mo shaol uaim agus bíodh sé liom.

An bhfuil tú amhrasach faoi na Valkyries nó na mná Spartan?

Dúirt siad liom, ach mar sin féin, ní thuigim cén fáth go raibh siad ag iarraidh é a thabhairt uaidh, más ceannaí éadaí agus fabraice é, tá aithne ag gach duine sa réigiún air, tá sé ag obair sna háiteanna sin le blianta fada.

Ceart go leor, Francisca, ansin táimid chun dul ar aghaidh chun líníocht theicniúil a dhéanamh d'fhonn smaoineamh a bheith againn air, tá a fhios agat go bhfuil fadhbanna oird phoiblí againn sa réimse sin, mar sin i dtosach beidh sé rud beag deacair dúinn, ach ná bíodh imní ort, go ndéanfaimid ár ndícheall a fear céile a aimsiú agus a tharrtháil.

Bhí rún Francisca Ricardo a fháil chomh mór sin gur shocraigh sí, fiú amháin i gcoinne mholtaí na n-údarás, dul in éineacht leis na hoifigigh agus a fear céile á chuardach, á shuíomh agus á tharrtháil. Bhí a fhios aici faoin riosca a bhí á rith aici, ach is cuma léi, theastaigh uaithi é a fháil ar ais sa bhaile, i Shira.

Ba é an chéad rud a rinne na hoifigigh i gceannas ná dul go Tovoch, a bhí ar an mbaile is gaire do Shira, d'fhonn daoine áirithe a mhaígh go bhfaca siad Ricardo ar na taobhanna sin a cheistiú. Lean na hoifigigh ar aghaidh le roinnt athchruthú a dhéanamh ar na himeachtaí, thaifead siad roinnt teistiméireachtaí, thóg siad grianghraif de roinnt áiteanna, i mbeagán focal, gach rud a d'fhéadfaí a dhéanamh chun áit Ricardo a shuíomh, ar an láimh eile, chuir Francisca leis freisin chun fiafraí de chónaitheoirí uile Tovoch fúthu siúd a tharla an lá a d'imigh a fear céile as feidhm.

Bhí siad i Tovoch ar feadh roinnt laethanta, agus bhí na hoifigigh ag ullmhú le filleadh ar Everesta nuair a rith siad isteach i Darelba. Bean óg a rugadh agus a tógadh i Tovoch ab ea í a raibh aithne mhaith aici ar an réigiún agus ar na bailte máguaird mar Shira, Spartan a bhí inti, ach, tar éis roinnt gníomhartha a rinneadh i gcoinne an daonra sibhialta, mheas sí nárbh é a cúis agus go dtí le déanaí bhí sí tréigthe.

Chuir Darelba in iúl do na hoifigigh go raibh an cailín a chuaigh chuig teach an lánúin phósta Francisca agus Ricardo ag iarraidh sampla gúnaí agus fabraicí a bheith ina leithscéal chun é a fhuadach, fiú go bhfaca sí é ag teacht chuig campa an ghrúpa. de mhná Spartan san áit a raibh siad.

Agus an bhfuil a fhios agat cén fáth ar fhuadaigh siad é? Cad iad na cúiseanna? D'fhiosraigh Francisca

De réir cosúlachta, ba í Hanisa, ár gcaptaen, agus a bhí ina toscaire ag Sherlaka faoin am a d'ordaigh í a fhuadach, cén fáth an misean sin, nílim an-chinnte, ach tugann gach rud le fios gur ar chúiseanna pearsanta a thagann sí ón am atá thart

An bhfuil tú ag rá go raibh Ricardo agus an soith sin ina leannáin nó rud éigin mar sin?

Níl mé ag iarraidh é sin a rá, níl a fhios agam, mar tá baint aige freisin le cúrsaí gnó a láimhseáil sé.

Agus cá bhfuil sé? Cá bhfuil an campa do na whores sin?

Ní féidir liom tú a dhearbhú faoi sin, a bhean uasail, toisc nach gcaitheann na Spartaigh dhá lá riamh in aon áit amháin, coimeádann siad ag bogadh

Ar aon chuma, gabhaim buíochas leat as do chuid faisnéise luachmhar, a chríochnaigh Francisca.

Ar iarratas ó Francisca ag iarraidh ar na hoifigigh fanacht cúpla lá eile chun leanúint ar aghaidh ag iarraidh a fear céile a aimsiú, d'aontaigh siad agus lean siad leis an imscrúdú, in ainneoin an chontúirt a bhí ag mná Spartan a bhí i láthair sa timpeallacht agus sna Valkyries, Dúradh, bhí siad i bhfad uaidh sin freisin.

Ansin bhreithnigh na hoifigigh treisithe a ghlaoch isteach ó aonad ban a bhaineann leis an scuad frith-fhrith-réabhlóideach d'fhonn faisnéis a dhéanamh i gcroílár chríoch Spartan. Ba é an smaoineamh iarracht a dhéanamh fáil amach faoi shuíomhanna féideartha áit a bhfuil Ricardo.

Bhí sé de mhisneach ag na hoifigigh mná a bhí i gceannas teacht go Shira agus fanacht ansin ar feadh cúpla lá, bhí a fhios nach bhféadfadh Ricardo a bheith i bhfad ar shiúl mar gur thóg an t-arm réabhlóideach míleata limistéar mór uathu ó theorainn an-mhór Yorka, i ina theannta sin, gur dhearbhaigh an Ginearál Barneydo cogadh orthu agus go raibh sé i gceannas ar fháinne slándála na gcéad teorainneacha Eabhrac, agus ar an gcaoi sin laghdaigh an corrlach ainlithe do na Spartan agus na Valkyries.

Foghlaimíodh, de réir faisnéise míleata, an lá céanna a d'imigh Ricardo leis an mbean a raibh a marsantas ag teastáil uaidh, chuaigh roinnt mná Spartan, a bhí armtha chun na fiacla, i dteagmháil leis i bhfad óna teach, agus chuir siad iallach air dul in éineacht leo chuig teach cónaithe. ceann scríbe anaithnid ach I dtreo bhaile Grestol, a raibh cáil air mar áit choillteach mór le rochtain dheacair air, d'éirigh le duine éigin Ricardo bocht a fheiceáil a thug faoi deara, go ciúin, faoi bhagairt an bháis, go raibh sé ag caoineadh agus iad á thógáil uaidh. i gcoinne a uachta.

Thug an nuacht seo spreagadh do na hoifigigh atá i gceannas ar an misean agus níos mó fós do Francisca, a bhí meáite ar a fear céile a lorg. Le cabhair ó threalamh rianaithe agus teicneolaíocht satailíte, thosaigh siad ag scuabadh an cheantair sa treo sin. Thug na hoifigigh, a bhí i dtaithí ar chuideachta bhuan Francisca cheana féin, cead di cuidiú leis an anailís ar an trealamh freisin.

Ritheadh grian Centauri, dhá ghrian Centauri, agus níor léirigh an scanadh aon chomharthaí d'aon nuacht, ag an deichiú grian centauri, thug duine de na hoifigigh faoi deara go raibh daoine áirithe a bhí i bhfad ó Sarota, dála an scéil, ó na ceantair is iargúlta i an réigiún, shiúil siad san imlíne chéanna, amhail is go raibh siad ag tabhairt aire do rud éigin. Dhírigh na haonaid imscrúdaithe ar an láithreán sin láithreach.

Tar éis roinnt Centauris, bhunaigh siad gur taisteal an tír-raon go minic, ach go raibh beirt nó triúr i gcónaí ag ciorcal timpeall san áit chéanna. Thug siad orduithe go dtiocfadh saincheannasaithe chomh gar agus is féidir chun mionsonraí a thabhairt faoina raibh ar siúl ansin.

Bingo! Scairt duine de na hoifigigh, deimhnítear, fuaireamar an tUasal Ricardo.

Agus cá bhfuil sé? Bhí Francisca ag screadaíl, ag crith agus ag caoineadh le mothúchán ag an nuacht nóiméad deireanach.

Tá sé ag comhordú zlx880000mk, thug oifigeach eile cinnte dó.

Gan aon rud a thuiscint, d'fhiafraigh Francisca arís nuair a dhéanfaidís é a tharrtháil, thug an t-oifigeach ceannais suaimhneas di trí gheallúint a thabhairt gur ceist uaireanta a bhí ann dóibh oibríocht a chur ar bun, sea, thug sé foláireamh di go raibh rioscaí ann, mar sin ba chóir go mbeadh siad cinnte go ndéanfaidís gach rud a chaithfeadh siad a dhéanamh go han-chúramach.

Agus mar sin a bhí ann gur cheadaigh an t-ardcheannas míleata ó Everesta an oibríocht chun Ricardo a tharrtháil, go bunúsach is éard a bhí ann ná an áit a raibh sé a bhaint amach, agus an láithreán a thógáil ar stoirm, agus an fachtóir iontais a chur san áireamh. Ar chúiseanna slándála, níor tugadh tuilleadh sonraí do Francisca agus mhol siad go bhfanfadh sí socair, ag fanacht le forbairt an mhisin.

Socraíodh an uair an chloig 9mu8 den aon ghrian déag Centauri den mhí Thermidini na bliana 879282719826-HWOP-IIII do thús na hoibríochta, bheadh fiche fear ó na horduithe speisialta i gceannas ar Ricardo a thabhairt slán agus slán. Ón bpríomhchathair Everesta, d'imigh na commandos faoi stiúir longa Irocol, atá speisialta d'iompar míleata agus do chomhrac talún.

Nuair a suiteáladh iad i gceantar iargúlta, tumadh na commandos isteach sna dugaí, ní bheadh rudaí éasca toisc gur críoch Valkyrie a bhí ann, agus mar sin b'éigean dóibh a bheith an-chúramach lena gcéimeanna agus a ngluaiseachtaí, ach cuireadh oiliúint orthu chuige sin. cineál eachtraí, b'éigean do na fir sin iad féin a thumadh i lochanna, crawláil tríd an tír-raon go dtí go raibh siad i radharc Ricardo sa deireadh.

Chonaic siad é? Sea, chonaic siad é, is é a bhí ann, níl dabht ar bith, go raibh a shúile fós ag uisce agus le dath liathghlas áirithe air ó bheith ina dhúiseacht an oiread sin, cén fáth é? Cén fáth go gcaithfeadh sé a bheith leis? Díreach as a bheith ina fhear? Níl ... ní féidir sin a dhéanamh, mar sin cén fáth ar fhuadaigh siad iad? An polaiteoir é? Níl, níl, mar sin? Nó cén fáth nach fearr é a mharú ag an am céanna agus deireadh a chur leis an anró seo? Nó cén fáth nach scaoilfeá é ag an am céanna? Agus cad é an cuspóir atá leis seo? Cad é an aidhm atá leis seo?

Níl, níl aon fhreagra ann, ná ní bheidh go brách, is í an fhírinne go bhfuil an fear bocht ann, ag fulaingt cruatain, anró, pian síceolaíoch, tá mearbhall air, níl a fhios aige an fuath leis na mná a choinníonn siar é, an bhfuil whores resentful? Níl, dó nach bhfuil, déanann sé iarracht a thuiscint go bhfuil cúis pholaitiúil acu gníomhú mar a dhéanann siad, go ndéanann siad é le héisteacht, go dtabharfaí grá dóibh b'fhéidir? Cad a chur in iúl? Déan pian éigin a athrú, cuid acu ag mothú go n-iompraíonn siad istigh agus go bhfuil sé deacair fiú iad féin a mhíniú.

Tuigeann sé gur mná onórach iad, toisc go bhfuil a fhios aige gur chaith siad go maith leis, gur thug siad bia dó, ach níos mó ná sin, níl aon idirphlé ann, ach ansin, ní mná iad uile, tá roinnt ann, agus iad siúd a choinníonn dó mar chuid den ghrúpa sin Cad atá speisialta fúthu nach ndéanann na daoine eile? Nó cad atá speisialta faoi na cinn eile nach ndéanann siad? Ach cén fáth go beacht dó agus ní duine eile?

Tugtar an t-ordú, in uaireanta na gealaí tosóidh Centauri leis an oibríocht, tá gach rud réidh, tá na commandos réidh, tá Francisca réidh, i dtéarma a haon, a dó, a trí, thosaigh gach rud.

Taz, taz, taz, taz, taz, taz! Chuir pléascthaí gunna submachine tuilte ar choirp na mban trua, a thit cosúil le séadchomharthaí ollmhóra ar an bhféar scorrach, mar ní raibh aon am acu aon rud a dhéanamh. Láithreach shroich na commandos Ricardo agus d'iompair duine acu é ar a ghuaillí, rith siad chomh maith agus ab fhéidir leo chun imeacht ón áit, bhí roinnt long ag fanacht leo níos déanaí.

Ní raibh roimhe seo, agus iad ag tabhairt aghaidh ar roinnt mná Spartan a bhí ag patróil sa cheantar, bhí an cath gearr ach dian, gortaíodh trí cinn de na commandos, agus rinneadh damáiste do cheann de na longa. Oíche fhada a bhí ann, amhail is go raibh gealach Centaruri i bhfolach gan a bheith ina finné ar a raibh ag tarlú. Díoltas a bheadh ann lá eile, nóiméad eile a bheadh ann go mbeadh daoine eile ag caoineadh.

Ní raibh Francisca ag iarraidh a fháil amach conas a tharla an gníomh míleata, an t-aon rud a bhain léi ná Ricardo a bheith ina hairm arís. Chaoin siad le háthas, thug siad barróg don chuid is mó den oíche. Aistríodh an bheirt go Everesta, leis an ordú sainráite fanacht gan ainm, chun áit shábháilte a fháil.

Chuala Carazán, ceannaire na mban magenta, an scéal faoi éagóir na gceannasaí míleata contrártha a rinne tarrtháil ar Ricardo, ós rud é, laistigh de phróiseas cuí san chineál seo oibríochtaí míleata, go raibh siad ann nár thug siad rabhadh faoina láithreacht, rud a dhéanfadh géilleadh féideartha ar mhná Spartan dá bharr, mar sin beartaíodh gach ceann de na commandos a ghlac páirt san oibríocht a aimsiú agus a aithint d'fhonn, de réir a bpleananna, iad a fhuadach, a chéasadh agus ansin iad a mharú mar ghníomh eiseamláireach a rinne le mná níor cheart cur isteach.

Sa phríomhchathair Everesta, bhí Francisca agus Ricardo fós ag lorg tearmainn shábháilte, níor fhág an eagla go ndéanfaí é a fhuadach arís i suaimhneas, smaoinigh siad fiú ar an bhféidearthacht a n-aitheantais a athrú, le cabhair ón rialtas a bhainistigh siad chun árasán beag a fháil don bheirt acu Cad mar gheall ar an gcuideachta teicstíle? Thosódh Ricardo arís, ach an uair seo le áirithintí níos mó.

Ó tharla go raibh sé de rún ag Francisca taisteal go Nelotu, tír atá socair go stairiúil lán le sléibhte agus tránna, chun an dara mí na meala a chaitheamh, bhí sé de dhíth orthu beirt, shíl sí, nuair a d'fhéadfaidís socrú isteach, d'imigh siad go Nelotu, ansin, d'imigh siad is cinnte go bhféadfaidís gach a raibh uathu a phlé gan brú a chur ar dhuine ar bith agus scíth a ligean mar is annamh a rinne siad.

Bhí dathanna difriúla ar thránna Nelotu, bhí siad bán, buí, donn dorcha, an-álainn do Francisca fanacht sáite ar feadh nóiméad maith sula ndeachaigh sé a chodladh chun tan agus scíth a ligean, agus lámh Ricardo aige, a d'éirigh as a mhicrea a chailleadh -business Choinnigh sé air ag smaoineamh ar an gcaoi a raibh sé chun cliaint nua a fháil.

Cad a cheapann tú faoi na rudaí atá ag tarlú i Yorka? Thosaigh Francisca leis an gcomhrá

Go bhfuil meas mór agam ar an gcúis a d'fhéadfadh a bheith ag na mná sin a dhearbhaíonn éirí amach i gcoinne an rialtais mhíleata, ar thaobh amháin, aontaím gur míbhuntáiste a bhí ag na ginearálaithe an tUachtarán Crepusculini a threascairt, ach measaim freisin gur rud áibhéalacha é na cailíní sin

Áibhéil a deir tú? Ní dóigh liom, is féidir liom easaontú go láidir leo ar go leor bealaí, ach uaireanta sílim go bhfuil siad ceart i gcuid dá n-idéalacha

Tá tú

Ach inis dom, conas a fuair tú fuadach, conas a chaith tú é sna laethanta sin go léir, cad a tharla duit

Inseoidh mé duit agus tusa amháin, mar níl mé ag iarraidh smaoineamh air arís. Tarlaíonn sé tar éis dom slán a fhágáil leat an tráthnóna sin i Shira, bhuel, chuir mé ar iontaoibh na mná sin roinnt gúnaí a bhí aici fós i gcúlchiste i stóras a thaispeáint di. Nuair a thuig mé é, bhí timpeall ceathrar nó seisear ban agam le sár-airm dírithe ar mo cheann, thug siad foláireamh dom gur chóir dom fanacht ina dtost, nó eile bheadh mo shaol i mbaol agus mise freisin. Bhí a fhios agam go raibh mé chun cruatan a thosú, níor thairg mé aon fhriotaíocht agus bhí mé cairdiúil leo fad is a d'fhág siad beo mé. Thug siad orm dul isteach i dtrucail agus ansin siúl isteach i ndúiche dlúth an réigiúin sin, tháinig an chéad ghealach Centauri, agus is cuimhin liom gur champaíomar in áit chompordach,

An bhfeiceann tú na lámha seo mar atá siad agam?

Sea, thug mé faoi deara é sin, cad a tharla duit ansin?

Tharlaíonn sé gur cheangail na cailíní sin, nach cuimhin leo nó nach bhfuil cúram orthu faoina n-ainmneacha, mo lámha agus mo chosa ón gcéad nóiméad, agus tharraing siad comhionannas vótaí muineál dom amhail is gur ainmhí mé, mo eagla, ní mór duit a shamhlú go raibh sé go maródh siad mé tráth ar bith, nó gur chuala mé trácht orthu, ach admhaím nár cheap mé riamh go mbeinn ag fulaingt mar gheall orthu, d'iarr mé an rud céanna orthu an t-am ar fad, cén fáth ar fhuadaigh siad mé, cén fáth orduithe ó cé a bhí mé san áit sin, bhí an oiread sin ceisteanna eile agam a tharla dom

Agus cad a d'inis siad duit?

Ní dhéanfaidh aon ní, níor dhúirt siad tada liom riamh, bhí sé amhail is go raibh siad balbh, nó go raibh cosc orthu labhairt liom

Agus ansin conas a thug siad ort tuiscint a fháil ar a raibh uathu?

Bhí sé an-éasca, thug siad bia dom ag amanna cruinn gach lá, agus má bhí rud éigin ag teastáil uaim, dúirt mé leo fiú mura bhfreagródh siad mé, ba é an rud is uafásaí ná na siúlóidí fada a bhí le déanamh againn le Centauri suns agus Centauri gealaí, tuirse, traochta, in ainneoin na mbéilí bhí mé ag tosú ag mothú lag, le díspreagadh laethúil

Go dona mo Ricardo!

N'fheadar cad a tharlóidh don ghrian Centauri eile, mar uaireanta go gcloisfí buamaí agus lámhach i gcéin, shamhlaigh mé go raibh siad ag troid idir an t-arm agus na reibiliúnaithe, ní raibh lá mo tharrthála an-difriúil, bhí mé i mo luí ag éirí as. ar an bhfíric go gcaithfinn i bhfad sa chás sin, nuair a scaoil lámhaigh go tobann le hairm ó na teirpíní sin, ba ghrá uafásach é, na mná a thug cosaint dom ina luí ar an urlár a fheiceáil, d'éirigh liom éisteacht le ag gríosú ón bpian, ach ní dhearna an t-arm aon rud mar bhí siad gnóthach ag iompar liom agus buartha ag an am céanna maidir lena sábháilteacht féin, níor dhúirt mé tada leo faoi ach an oiread, agus sin an rud a tharla domsa grá

Ná caoin darling

Níl mé ag caoineadh, is deatach toitíní é

Hahaha! Is maith liom é sin fút, an greann breá sin a sheolann tú

Tar éis idyll a chaitheamh i Nelotu, d'fhill siad ar ais go Yorka, glactar leis go raibh smacht ag an míleata ar na príomhlimistéir teorann chun arm na mban reibiliúnach a choinneáil ann, go raibh seasmhacht ann, sa mhéid is go raibh muinín ag Francisca agus Ricardo, a raibh an éirí réidh beartaithe acu. dá ndéileáil.

Ach ní raibh go raibh. Bhí an teannas sóisialta a d'eascair in Everesta, mar a bhí sé le linn daonra Shira, ag méadú go dtí go raibh áitritheoirí Yorka ar fad beagnach paranóideach. Príomhcheannairí Yorka a bhí Fuega, Juniar, Axa agus Vienta, cé gur príosúnaigh pholaitiúla iad le horduithe díreacha ón ardcheannas míleata, bhí a fhios acu go bhféadfaidís brath ar chabhair Sherlaka agus Carazán, choinnigh an fhéidearthacht sin iad socair agus neirbhíseach. . míleata agus an domhan ar fad.

Níor thóg sé i bhfad an fhéin-ghealltanas díoltais a mhol Carazán a chur i gcrích, ó thosaigh na commandos a ghlac páirt san oibríocht tarrthála ag titim ceann ar cheann, ba iontach an rud é go bhfeicfeadh grúpaí ban, a d'fhéach chomh neamhchiontach agus gan chosaint, bhí siad in ann saighdiúir a ghabháil le tréithe commando agus na rialuithe dochta rialtais a rith, rinne siad go simplí é, ba iad sin na mná cáiliúla magenta.

Gabhadh an commando Iglig, a bhí sna fórsaí speisialta le tamall, ag fágáil siopa grósaeireachta, bhí sé in éineacht le duine dá leanaí mionaoiseacha, ábhar nach raibh ina bhac dóibh é a thógáil ar shiúl i dtrucail, agus iad ag imeacht d'fhág sé an leanbh tréigthe ag caoineadh ar an tsráid.

Idircheapadh an commando Kakun, an duine is óige den ghrúpa tarrthála, ar rothar lena chailín, thug siad uaidh é, ach ní sular bhuail sé leis an gcailín a bhí ag iarraidh é a chosc, dhiúltaigh Kakun dó, ach bhí trí urchair sáraithe aige cheana féin trí chaighdeán ard i a gcosa, ina theannta sin, ba mhná láidre corpartha iad an magenta, daoine gairmiúla ina gceird mar na commandos freisin.

Shroich an t-ordú Taksa teach leath-ghealach Centauri, nuair a thuig sé gurbh iad sin na whores reibiliúnach, go raibh sé ceangailte idir a lámh agus a chos, thug siad uaidh é chomh géar sin nár thuig a bhean chéile ná na trí mhadra a bhí acu sa ghairdín cad a tharla go dtí grian Centauri.

Bhí ar an commando Bager, an ceann is mó agus is láidre ar fad, instealltaí a lámhach chun go gcuirfeadh sé ina chodladh é agus chuir siad tuairteáil air toisc go raibh sé ar bord trucail eile, in éineacht le hiar-chomrádaithe commando eile, thóg siad é agus é ag féachaint go hiomlán ar gach duine, gan éinne rud a dhéanamh, cheangail siad suas iad agus d'fhág siad iad i ndumpáil truflais.

Ag ordú Abun, ba é an duine ab éasca é a ghabháil, bhí sé ina theach áineasa ar imeall Everesta, ghéill sé toisc go raibh eagla air roimh shaol a mhic agus a mháthair a bhí san áit sin ag an am.

Ag ordú Gero, b'fhéidir gurbh é an rud ba dheacra ar fad é, toisc go raibh sé taobh amuigh de Yorka, go hiontach ghabh an magenta an t-eitleán ina raibh sé ag dul agus thug air teacht i dtír ar rúidbhealach folaitheach, thóg siad Gero amach, d'fhill siad an t-eitleán agus an ní raibh tuairim ag údaráis ceachtar den dá thír cathain a tharla sé nó cad a tharla don cheannas, bhí gach rud ar eolas nuair a tháinig paisinéirí an eitleáin chuig an aerfort eachtrach.

Maidir le ceannas Anur, bhí sé an-deacair é a ghabháil freisin, ós rud é nach raibh sé in aon rud níos mó agus níos lú ná in oifigí an cheannas is mó de na fórsaí armtha, i gcroílár Everesta, bhí sé beagnach, cosúil leis an robáil a phleanáil de bhanc ceannais Yorka, Bhí orthu ceadanna a fháil, cóid slándála a dhearbhú, is é fírinne an scéil gur shroich siad an áit a raibh Anur, nár tógadh é ach trí mheabhlaireacht, go raibh scéal dochreidte déanta ag an mageanta a d'éirigh leis a chur ina luí air a fháil as sin, agus sin mar a thug siad uaidh é.

Fuarthas an commando Boguo ar an mórmhuir ina luamh príobháideach, chuir siad eagla ar na daoine go léir a bhí in éineacht leis, agus thóg siad lámh agus cos ceangailte air.

Chuaigh an t-ordú Orij, de bhunadh Khartoum, dó go dtí an stát sin de Yorka, bhí sé armtha tráth na fuadach, thug sé aghaidh orthu agus ghortaigh siad go dona é, ach thug siad uaidh é fós.

Ag ordú Aratot, bhí sé in ionad siopadóireachta, agus thug siad uaidh é agus é ag féachaint go hiomlán ar an domhan, ach ní sula ndeachaigh siad i muinín na ngardaí slándála a bhí ann ag an am.

Ag an gceannas Nachdo, bhí sé le duine dá leannáin ina árasán nuair a tháinig siad isteach go tobann, b'éigean dóibh é a bhualadh arís agus arís eile chun cur ina choinne, bhí an cailín bocht millte agus ag caoineadh.

Bhí an chuid eile de na commandos Neyo, Perí, Sovo, Turó, Ascro, Ranlo, Noro, Aphu agus Yuyu gafa go léir i dtrucail, agus iad ag taisteal go trá le roinnt cairde, bhí sé rud beag deacair mar bhí orthu a aithint cérbh é go gcaithfí iad a thógáil, ceann ar cheann rith sé i roinnt veaineanna, ní fhéadfadh aon duine aon rud a dhéanamh chun é seo a chosc.

Scaip an nuacht faoi fhuadach na commandos ar fud Yorka, fíric ba chúis le turraing, fearg agus eagla, go leor eagla i dtreo na mageanta. Bhí imoibriú an ardcheannas míleata láithreach, rinneadh glao cogaidh ginearálta, bhí éirí amach na mbothán ag fás, agus bhí sé in am iad a stopadh.

VII

D'éirigh rudaí níos measa, toisc go raibh ceannaire polaitiúil áirithe darb ainm Elvere ag tabhairt cuairte le saoráidí na hAireachta Cogaidh go minic chun comhrá a dhéanamh le roinnt ginearál, bhí a fhios ag na meáin gur "mhothaigh an polaiteoir seo an gá" roinnt athruithe struchtúracha a dhéanamh ní don rialtas amháin ach don tsochaí féin de Yorka, ainm na tíre aisteach, a bhaineann leis an bpláinéad aisteach sin ina dhiaidh sin.

 Bhuel, tharlaíonn sé, sna páirtithe sin a thug cuireadh don charachtar seo uaireanta agus i roinnt imeachtaí taidhleoireachta agus stáit eile, gur tugadh an fear chun tuairimí a thabhairt agus cainteanna a thabhairt faoina smaointe maidir le hinstitiúid na tíre agus gnéithe gaolmhara leis an reachtas agus ábhair eile.

Dhealraigh sé go raibh focail an státaire agus meas Elvere faoi chuimsiú tuairim uafásach i measc na milliún saoránach a léirigh a gcuid smaointe agus a thagann le chéile de ghnáth i mbeáir, bothanna agus siopaí caife. Go dtí, lá amháin, nuair a bhí sé ag dul chuig ionad taighde ollscoile, chualathas roinnt créacht gunnaí, deir na finnéithe go raibh sé thart ar a seacht ar maidin, agus go raibh cúig urchair ann a chuala siad.

Bhailigh na daoine timpeall na gcorp, an tiománaí-coimhdeacht agus Elvere, thug na daoine faoi deara aghaidh an cheannaire pholaitiúil dealraitheach. Thosaigh cuid acu ag béicíl agus ag caoineadh ceartais dóibh siúd atá freagrach as an bhfeallmharú uafásach. Go tobann thosaigh curfá ag modhnú a dúirt go dteastaíonn ceartas uainn! Agus rinne siad arís é agus iad ag caoineadh, teastaíonn ceartas uainn! Agus iad ag tabhairt aghaidh ar an scéal, b'éigean do na póilíní círéibe idirghabháil a dhéanamh agus na húdaráis chánach ag iniúchadh agus ag cuardach an scéil.

Chuir brú an phreasa ar an Aire Dlí a dhearbhú go hoifigiúil go ndéanfaí imscrúdú uileghabhálach go dtí go bhfaighfí gach duine a bhí freagrach as an bhfíric, nó in áit gach duine a bhí freagrach as, mar gheall ar an mageanta, na Valkyries agus na mná Spartan, ar fad na cáil sin, is cuma cé a thit, seachas aon duine a bhí bainteach leis, údair intleachtúla agus ábhartha araon.

Níor thóg sé fada dóibh an fear a rinne an choir a ghabháil, a dhuine? Fear fucking? Ba é Josefino de la Fuente y Castillo, ar a dtugtar chefu níos fearr, a bhaineann le buíon buailteoirí ó bhruachbhailte theas Everesta, príomhchathair Yorka. Ach ansin, cérbh é a mharaigh an Elvere dealraitheach?

Bhí an oiread sin cáil ar an gceannaire polaitiúil seo mar státaire gur thug go leor earnálacha den daonra próifíl air mar uachtarán cinnte san aistriú go daonlathas a gheall an t-arm. Bhí roinnt ceannairí sóisialta ag smaoineamh ar an bhféidearthacht an feallmharú a rangú mar choir stáit. Bhí amhras ann go raibh roinnt ginearál i gceannas orthu a bhí míshásta leis na tráchtanna contúirteacha a rinne an ceannaire polaitiúil sin míonna ó shin, mar shampla tráchtanna ar chearta comhionanna.

Chun a míshástacht a chur in iúl, bhí taispeántais ann, cuid acu a raibh an-tóir orthu, cuid eile nach raibh chomh mór sin, ag éileamh orthu siúd a bhí freagrach agus gafa as coir uafásach na linne. Chuir na himscrúduithe uileghabhálacha in iúl go raibh líonra coiriúil i bhfad níos casta ná mar a chreidtear roimhe seo. Bhí áitritheoirí cosúil le Ricardo, an fear gnó sin agus an saoránach maith, nó an saoránach buartha mar a thugann daoine air, aireach go háirithe sa tuarascáil deiridh ó na húdaráis, toisc go raibh siad cinnte gur coup eile a bhí ann beagnach.

Léirigh suirbhéanna a rinne gnólachtaí athchonraitheoireachta mór le rá mar Digianálisis, Gollumbina agus Shaperozo torthaí a thaitin go mór leis na heintitis rialtais éagsúla, go mion caitheadh an méid seo a leanas: chreid caoga faoin gcéad nó amhras orthu go raibh ceannairí a bpáirtí féin feallmhartaithe orthu. Maraíodh an cúig faoin gcéad is fiche a d'ordaigh an DIA, mafias deich faoin gcéad eile a d'fhéadfadh eagla a chur isteach ar a leas sa deireadh, deich faoin gcéad níos mó ná mar a bhí ina bhuíon de choirpigh choitianta, toisc go bhfuil an choireacht aisteach ordlathach agus catagóirithe , is cuma cé mhéad duine a dhúnmharaíonn siad go laethúil. Agus níor shíl nó amhras ach cúig faoin gcéad go raibh an t-údar faoi stiúir an rialtais, faoi cheannas an Ghinearáil Chakutin.

De réir mar a chuaigh an t-imscrúdú ar aghaidh, ní fhéadfadh an fhoireann speisialtóirí an méid a bhí á fhionnadh acu a chreidiúint, d'fhan siad ina dtost heirméiteach go dtí an lá nuair a bhí orthu mionsonraí na dtorthaí a nochtadh don domhan uile (uile, uile) don rialtas agus do gach duine an pobal. Cumann Eabhrac. Nuair a bhí na himscrúduithe go léir críochnaithe, agus na ceisteanna ídithe, agus gabhálacha iolracha agus gach rud curtha i gcrích, tháinig an lá nuair a bhí ar na saineolaithe láithriú os comhair an phreasa ... roimh phreas an domhain?

A dhaoine uaisle an phreasa, maidin mhaith, thosaigh sé leis an mbeannacht Toroso, ceann na foirne caibidlíochta... oops! Ciallaíonn mé, ceann na foirne stunt. Is é an rud leadránach faoi seo ná gur thosaigh sé le diatribe beannachtaí do gach duine, agus ag meabhrú imeachtaí stairiúla áirithe agus an iarracht a cheap an t-imscrúdú uileghabhálach, faoin gcaoi ar tháinig siad ar chonclúidí éagsúla agus iolracha ... is é fírinne an scéil go bhfuil an fear grinn a ritheadh mar chairt tiomána uair an chloig, bhí na chuimhneacháin is mothúchánach ag na rudaí seo fiú amháin, nuair a deir siad go bhfeicfidh siad cad a tharla ... dúirt lichiti ... díoltóir cumhráin púdar eabhair i siopa comharsanachta ag féachaint ar an teilifís a chuirtear i láthair ar chainéal eisiach .

Bhraith Toroso níos sábháilte nuair a shuigh toscaire ó na cúirteanna breithiúnacha in aice leis, a bhí beagáinín déanach (aisteach go leor). Tugann tuairiscí le fios gur ordaigh Safia, bean ghnó as mionlach Eabhrac, dúnmharú an cheannaire pholaitiúil (agus reibiliúnach ón mbunaíocht do roinnt) Elvere, a bhfuil ceangal aici leis an Everestas de réir dealraimh, Toroso. D'éirigh linn an plota taobh thiar den choir a léiriú, sa mhéid is gur chruthaigh ráitis níos oscailte agus radacacha Elvere frithbheathaigh le sciathán den mhór-náisiúnaí, i láthair na huaire, chuir Toroso leis, tá Saffia á ghabháil ag baill de na patróil speisialta, chomh maith le scór rannpháirteach.

Bhí sé ar eolas freisin go raibh overtones radacachais ag go leor de thuairimí Elvere i gcoinne an rud ar a thug sé tyranny an fheimineachais. Agus é ag tabhairt aghaidh ar an réaltacht gruama seo, rinne an rialtas míleata eagraíochtaí

feimineacha a dhíchóimeáil go córasach ar fud Phoblacht Eabhrac agus choinnigh

sé seasamh tost agus pionóis as tionscnaimh roinnt ceannairí mná, áfach, na

fórsaí míleata, go háirithe roinnt ginearálaithe meán-rangú. Mheas siad nach raibh

na bearta a ghlac an tUachtarán Ginearálta Chakutin ach suntasach nó gan aon

rud suntasach, ba ansin a bhí smaoineamh coup eile ag fáil neart i measc an

ardcheannas.

Ar an láimh eile, d'fhoilsigh an preas tuarascálacha faisnéise inar dearbhaíodh go

raibh níos mó grúpaí feimineacha armtha ag teacht chun cinn i ndeisceart chríoch

Yorka agus é mar chuspóir ceaptha an rialtas a threascairt agus Stát Comhionann

a bhunú. Ba é an rud a bhí beartaithe agus a cheapfaí sa bheairic mhíleata ná

conas rialtas a eagrú a sheasfadh le hidéil mar a thugtar orthu sa tír dhúchais, a

raibh saoirse agus ord iontu go bunúsach.

Chuir cuid dá ghinearáil agus a cheannairí polaitiúla, agus an ceannaire

reiligiúnach ó am go chéile, iallach ar an Uachtarán Ginearálta Chakutin

foraitheanta a eisiúint, agus mar a déarfadh dlíodóirí agus giúróirí, le cumhacht

dlíthe, bearta a dhiúltaigh agus a bhagair go díreach don saol polaitiúil agus

sóisialta. , eacnamaíoch agus cultúrtha na mban sa tír sin. Níor leor na hagóidí

fuinniúla a cuireadh in iúl ar shráideanna Napala, Omana, go háirithe in Everesta ó

eagraíochtaí sibhialta náisiúnta agus eachtrannacha, bhí saincheisteanna mar:

-       Ceart ginmhilleadh faoi aon chás.

-       Ceart chun comhionannas inscne.

- Ceart chun oibre agus pá comhionann.

- Ceart chun comhionannas san oideachas.

- Cearta sóisialta.

- Ceart chun comhionannas polaitiúil.

- Ceart chun comhionannas eacnamaíoch.

- Ceart chun comhionannas cultúrtha.

- Ceart maireachtáil i síocháin, saor ó gach cineál foréigin agus le suaimhneas.

Chun brú níos mó a ghiniúint ar an rialtas míleata, bhailigh na gníomhaígh na mílte síniú ag éileamh na ráthaíochtaí go léir a cuireadh i láthair. Agus é ag tabhairt aghaidh ar an staid seo, d'eisigh an rialtas míleata ráiteas a luaigh an méid seo a leanas:

Uachtaránacht Rialtas Míleata Yorka,

An náisiún a aontaíonn sinn go léir.

Beannachtaí

A chara compatriots de Yorka,

Sula gcreideann tú i gcomhionannas agus i bhforbairt shóisialta na tíre. Is eol do mhná uile Eabhrac gur oibrigh an rialtas seo go crua chun dálaí maireachtála gach duine agaibh a fheabhsú, go dtí go gcruthófar oifig speisialta do mhná agus é mar aidhm sláine shláintiúil a chinntiú ní amháin do mhná Eabhrac ach do do chuid féin freisin clann.

Sa chéad ráithe den bhliain seo amháin (aon bhliain de na blianta ar fad), rinneamar cúig billiún déag drón a infheistiú in oibreacha poiblí do mhná, in ionaid leighis do mhná, agus i gcúram do leanaí i sláinte agus oideachas.

Is fíor, agus aithníonn an rialtas míleata seo, go raibh cásanna iargúlta leanaí agus mná a fuair bás mar gheall ar easpa bia agus cúraim leighis. Agus é ag tabhairt aghaidh ar a leithéid de réaltacht, tá bearta á gcur i bhfeidhm ag an rialtas ar nós acmhainní práinneacha a íoc amach ionas gur féidir leis sna ceantair imeallacha seo den tír cúram maith a fháil do chúram na mban agus na leanaí is leochailí.

Is ansin a dhéanann an rialtas uasal seo, faoi cheannas a uachtarán ginearálta Chakutin, machnamh ar thaispeántais chóir na mban, agus an ionadh ... an bhfuil aon leas polaitiúil ann seo ar fad? Cén fáth, má leanann siad ar aghaidh leis na héilimh, go leanann siad ar aghaidh agóid oscailte? Agus níos mó fós, an bhfuil siad ag dul i mbun airm? An bhféadfadh sé a bheith go bhfuil earnálacha sóisialta, lasmuigh d'eagraíochtaí na mban, ag iarraidh an rialtas míleata uasal seo a dhíchobhsú? Cén cuspóir?

Is mian leis an rialtas uasal seo, a fhéachann ar leasanna na ndaoine (nach mór do dhaoine a rá ina iomláine rud ar bith a rá, ansin ní fhéachann sé ar aon duine) go nglacfadh ceannairí na mban lena dtiomantas tírghrá agus go ndéanann siad machnamh ar a gcuid fíricí agus éilimh sin atá ceaptha Shéan sé, nuair a bhíonn sé i ndáiríre go raibh agus go mbeidh ráthaíochtaí acu i gcónaí maidir le dlíthe agus institiúidí daonlathacha na tíre seo.

Gabhaim mo bhuíochas agus mo bhuíochas agus gabhaim buíochas le gach Eabhrac, ón gcailín is tairisceana agus is milis go dtí an tseanbhean is uaisle agus is sublime a chonaic glúnta nua na mban ag fás agus ag forbairt.

Le barróg do chách.

Uachtaránacht Rialtas Míleata Yorka,

An náisiún a aontaíonn sinn go léir.

Tar éis do na meáin éagsúla ráiteas oifigiúil an rialtais a chloisteáil, bheartaigh Saffia, a cruthaíodh go raibh sí mar mháistir na coireachta dosháraithe sin a tharla i gcoinne an cheannaire polaitiúil eiseamláireach agus feiceálach Elvere, éalú ón bpríosún san áit a raibh sé. Chuir sé breab ar na húdaráis áitiúla, agus mar sin theith sé go dtí na sléibhte mar a raibh Carazán agus a ghrúpa beag ach eagla darb ainm Mujeres de Magenta ag fanacht leis.

Bhí a fhios ag faisnéis mhíleata faoi an ngrúpa seo de mhná armtha a bheith ann ach níor ghlac siad gníomh míleata ina gcoinne fós. Rud a bhí speisialta faoin ngrúpa reibiliúnach mná seo ba ea na teagmhálacha agus na líonraí casta leis na céadta eagraíochtaí ban ar fud an domhain.

Go tobann, nuair a mhothaigh Saffia sábháilte cheana féin sna sléibhte móra, thosaigh sreangán líomhaintí i gcoinne an rialtais inar nocht sí a heasaontais i láthair Carazán, a bhí ag éisteacht go haireach léi. Cad a tharlaíonn? Cad a tharlaíonn do na mná sin a leanann orthu ag glacadh páirte i ranna an airm agus na póilíní? Cén fáth a leanann mná de bheith ina n-íospartaigh foréigin ghnéasaigh agus nach n-imoibríonn? Cén fáth go seasann an rialtas chun muid a choinneáil ar imeall an gheilleagair? ... b'fhéidir gur mar gheall ar an dioscúrsa déimeagrafach a rinne na fir i ndearadh cumhachta chomh maith, a mhaígh Carazán,

Tá a fhios agat nach bhfuil fir á gcur faoi bhráid na mban as seo amach, bhí sé ann i gcónaí agus go stairiúil, tháinig ceannaire na reibiliúnach i gcrích. Agus creidim, trí fheallmharú a dhéanamh ar an leathcheann agus an t-imníoch Elvere sin a rinne an oiread sin damáiste do mhná lena thionscadail pholaitiúla mhícheart, go dtiocfadh feabhas ar rudaí, anois is cosúil go bhfuil an reiligiúnach agus an t-arm níos éirimiúla ná riamh, a dúirt duine fuinniúil ceannaire polaitiúil.

Deir mo chuid foinsí liom go bhfuil dlí ar bun a choinneoidh go dosheachanta mná faoi mhíbhuntáiste ní amháin go polaitiúil, ach go sóisialta agus go heacnamaíoch freisin ... chríochnaigh Carazán. Ina machnamh, chuir Safía leis go ligfeadh bog na n-óráidí agus an chomhionannais líomhnaithe a bhí ag déanamh an oiread sin damáiste do mhná, d'fhir fanacht i gcumhacht gan friotaíocht inscne níos mó, agus é seo go léir measctha le rómánsachas foighneach agus tuata agus bréagach a bhí a cuireadh leis na hóráidí oifigiúla áille, tháinig méadú níos mó ar mheabhlaireacht agus ar fhírinní an oiread sin éagóir.

Cad is óráid ann? Is éard atá in óráid ná seicheamh iomlán tosca a úsáideann go leor ceannairí sóisialta, polaitiúla agus míleata chun gníomhartha éagóracha nó míchearta áirithe a íoslaghdú, agus chuige seo an aoibh gháire bhuan, an t-aitheantas dúr, dealraitheach agus áiféiseach as botúin a rinneadh agus nach n-úsáidtear a thuilleadh. Tarlóidh sé arís. Agus fós, leanfaidh rudaí ar aghaidh mar a rinneadh roimhe seo, agus níos measa fós ... agus conas a éiríonn leo é seo go léir a dhéanamh chomh maith? Bhuel, le gaireas stáit a chuimsíonn na meáin, sainchomhairleoirí íomhá agus roinnt beart beagnach gan teorainn agus neamhshuntasach chun aghaidh chairdiúil an uafáis ar fad atá á dhéanamh a thaispeáint.

Chuir duine de na cairde gossiping sin in iúl dom go raibh an cúpla duine a chonaic na Mná Magenta an-álainn. Nach aisteach an rud é, toisc gurbh í príomhthréith na mban sa phláinéid aisteach sin go léir ... sa domhan sin go léir. D'fhéadfaí a rá gurb é an t-aon arm a bhí ag na mná reibiliúnach seo, nó go simplí mná, ná máirseálacha agus agóidí, agus freisin ag iarraidh feasacht a mhúscailt trí chuid de chearta na mban a phoibliú, is ar éigean a d'fhéadfadh sé seo trácht áirithe a mhúscailt ó na mná a bhí, cé go raibh siad ag caoineadh Bhíodh siad ag screadaíl agus ag rá an curfá dúr eolach, cén fáth ar bhuail tú mé san aghaidh? Tabharfaidh mé os comhair an dlí tú, inseoidh mé do mo dheartháireacha, srl.

Bhí atmaisféar aisteach ann (mar is aisteach an rud é, mar sin is meascán é de go leor rudaí), ní raibh an tArd-Uachtarán Chakutin le feiceáil ar an teilifís arís mar a bhíodh sé, d'fhéadfadh daoine níos mó saighdiúirí ná mar is gnách a fheiceáil ar na sráideanna ... agus an raibh iontas ar an daonra cad atá ag tarlú anseo? D'inis siad d'iriseoirí cé na daoine ba ghaire don daonra, agus a d'fhéadfadh roinnt faisnéise a thabhairt dóibh, ach rud ar bith. Bhí an rialtas míleata ciúin.

Idir an dá linn, ar an taobh eile den domhan aisteach sin, ba chóir a thabhairt faoi deara gur comhtharlú íon é aon chosúlacht le réaltacht aon domhain eile, rud ar bith níos mó. Dúirt sé ansin gur tharla eachtra ar an taobh eile den domhan, a raibh tábhacht pholaitiúil chorraitheach leis, cé gur beag é.

Tharla gur ghairm ardchúirt eadrána morálta bean óg as tír Islimiqui as ábhar a bhain lena buachaill. Is cosúil gur shocraigh an bhean óg seo, a aithníodh mar Crasal, gan a páirtí a phósadh toisc gur athraigh sí a cinneadh ar chúiseanna go hiomlán pearsanta, chruthaigh sé seo crá dá buachaill, a agairt uirthi sa chúirt. Ar an gcúis seo, b'éigean do Crasal óg teacht ar aghaidh chun a cúiseanna a dhiúltú le diúltú pósadh.

Agus cé a cheapann tú atá tú? An bhfuil tú ag iarraidh spraoi a bhaint as dlíthe Islimiqui? D'aisíoc príomhfhocail na cúirte é. Bhí Crasal, bean álainn le súile glasa dian, cé go raibh a tuismitheoirí in éineacht léi, scartha agus cosanta ag beirt oifigeach rialtais. D'fhreagair sé an guta sna téarmaí seo: Ar mhaith leat go bpósfainn mo bhuachaill ach cloí le rialacha traidisiúnta? Nílim in aghaidh an dlí, agus nílim ag déanamh spraoi d'inst.itiúid ar bith, múintear dom i gcónaí a bheith fostaithe i bhfianaise chinntí ár rialtais, ach is mór an iomarca domsa é féin a phósadh duine nach bhfuil grá agam dó. .

Chuir na focail sin fearg shoiléir ar an oifigeach, chuaigh sé i dteagmháil leis an mbean óg agus thug slap uirthi, ag an am céanna gur labhair tú liom, tá meas agat ormsa agus tá meas agat ar an tír seo agus ar an rialtas seo, is ansin a d'éirigh an bhean óg, ag aisghabháil an bhuille láidir agus láithreach spat sé ina aghaidh, ag béicíl air freisin, agus tá meas agat ormsa mar gur Bean mé. Ghlaoigh gáire Burlesque ar fud an tseomra cúirte, ach amháin an mháthair a bhí ag caoineadh agus ag impí ar a hiníon beloved fanacht ciúin agus gan ach freagra ceart a thabhairt.

Tá tú sotalach, d'áitigh an guta, tá tú sotalach mar is cosúil go bhfuil sé áiféiseach dom gur chóir duit na gardaí seo a bheith agat ach féachaint orm amhail is dá mba choiriúil mé, tá mo chinneadh déanta agam cheana féin agus is ábhar pearsanta é, plash! Bhí fuaim slap eile le cloisteáil, níor lig sé di a cuid cainte a chríochnú, an uair seo bhí sé i bhfad níos airde ... gan dabht thosaigh a liopaí ag fuiliú.

Go dtógfaidh siad í go dtí an dúnfort ionas go bhfoghlaimíonn sí meas a bheith aici ar dhlíthe agus ar údaráis an rialtais fholláin seo ... daichead lasán agus trí lá faoi ghlas, lean an guta ar aghaidh, anuas air sin, caithfidh sí pósadh mar a bhí an bhainis pleanáilte ar an lá agus an áit a socraíodh agus is é seo an dlí a chuir oifigeach na cúirte i gcrích.

Gan caoineadh agus stánadh ar a máthair, rinne sí iarracht í a chur ar a suaimhneas trína rá léi gan a bheith buartha, go raibh sí go maith agus go mbeadh sí sa bhaile arís go luath. Ní fhéadfadh éinne a bheith ag caoineadh agus d'áitigh sé nach dtógann na húdaráis í! pósfaidh sí agus comhlíonfaidh sí dlíthe na tíre seo, is bean eiseamláireach í agus d'oibrigh sí leis an rialtas sublime seo, ná déan é seo dom le do thoil ... d'impigh sí glór neamhshuimiúil.

Ar chúiseanna a bhí aisteach go leor, bhí rún daingean ag bean na brídeoige agus a theaghlach pósadh de réir traidisiún agus dhlíthe an rialtais fholláin, an stáit agus an reiligiúin. Le comharthaí mí-úsáide, thug ceathrar caomhnóir stáit Crasal isteach ag an nóiméad an searmanas pósta. Bhí a buachaill, Obdol áirithe, ag fanacht léi ag an altóir, a raibh cuma imníoch uirthi.

Bhí ciúnas spéisiúil ann ó Crasal, a chaith a gúna bainise seiftithe beagán, agus ghlac sé anáil dhomhain go dtí gur chuir an sagart tús go foirmiúil leis an searmanas dian.

Fáilte! Thosaigh an t-oifigeach reiligiúnach ag rá, gabhaimid buíochas le gach duine as a gcuideachta luachmhar san imeacht speisialta seo do dhaoine mar phósadh, institiúid bhunúsach dár sochaí agus todhchaí mhaith na tíre. Tá Obdol óg agus Crasal óg os do chomhair agus ar an altóir seo. Tuigim go bhfuil deacrachtaí de gach cineál inár saol (an reiligiúnach ag iarraidh consól a thabhairt do Crasal?), Ina theannta sin, caithfidh mé dearcadh misniúil mháthair Crasal a aithint (ní raibh sí ag an ócáid) a ghlac le haontas na n-óg seo daoine díreach ag tosú ar shaol an bhaile.

Bhreathnaigh Crasal an lucht féachana ar fad go haireach agus thuig sé go raibh na fir a bhí i láthair armtha chun na fiacla. Tar éis uair an chloig fada de sheanmóireacht, sheinn cúigear séise álainn veidhlín. Gearradh na fáinní bainise ar lámha na brídeoige agus na groom agus tógadh an mionn pósta, nóiméad a measadh a bheith naofa in Islimiqui.

An chuid eile den ócáid tharla gach rud, mar a deir siad amuigh ansin, cosúil le gluaiseacht mall. Dúirt an groom go bog, go mall, agus go sollúnta a mhionn grá do Crasal (chun báis agus ina dhiaidh sin). Ansin ba é cas Crasal é.

D'ardaigh buile Crasal go tobann, an nóiméad a bhí ceaptha dó a mhionn a rá.

D'éirigh sé, d'fhéach sé ar gach duine, ansin dúirt sé focail láidre go leor, a raibh

an chuma orthu gur shíl siad go minic, ní phósfaidh mé leathcheann cosúil leatsa,

ansin, bhuail sé an t-oifigeach reiligiúnach ina éadan, agus ar deireadh thug sé air

é a lámhach fáinne go raibh an buachaill ceaptha ina láimh.

Ansin tharla dó gurbh é an rud ab fhearr teitheadh tríd an bhfuinneog, éalú mar

iolar. Ní raibh aon leisce ar na fórsaí oird mar a thugtar orthu Crasal a shaothrú.

Aisteach go leor, rith na laethanta agus níor chualathas aon rud uaithi, chuaigh na

seachtainí thart, dhá mhí níos mó nó níos lú, deir cuid acu go raibh níos mó ann,

cuid eile, go raibh siad níos lú, agus ba chosúil go raibh an ócáid seo mar rud san

am atá thart. An méid sin sa chaoi gur mheas Crasal, agus é i bhfolach i dteach

cara i bhfad ón bpríomhchathair, go raibh sé in am imeacht, ach an uair seo faoi

cheilt, nach bhféadfadh aon duine í a aithint arís.

Cé chomh mícheart a bhí Crasal, Dia duit Crasal! Éisteadh le magadh guth a

sháraigh craiceann Crasal, níor fhéach sé siar fiú, ach rith sé lena dhícheall ag

iarraidh greim a fháil i lár dhaonra an chúige sin, go tobann thit sé agus thit sé ina

thost, agus beirt fhear a bhí in éineacht leis an thit buachaill líomhnaithe air.

Cheangail siad í, bhuail siad í agus chuir siad i dtrucail í, in ainneoin screadaíl

fuaraithe Crasal, ní dhearna na daoine a bhí in aice láimhe ná na húdaráis aon rud

chun í a chosc.

Fuadaíodh agus coinníodh iad i dteach príomhfheidhmeannach an bhaile,

choinnigh siad an bhean óg ceangailte, á bualadh arís agus arís eile agus ag an

am céanna chaith siad léi mar fraochÚn, fraochÚn áirse, an fraochÚn is mó sa chathair, ansin siad éigniú í i measc roinnt fear. Ach lean Crasal ag mealladh agus ag maslú dóibh.

Ag breacadh an lae an lá eile, ceann de na grianghortha uafásacha sin a thug cuid acu, timpeall a naoi ar maidin, Crasal go dtí príomh-pháirc na cathrach beaga sin, ansin d'ardaigh siad í chuig ardán adhmaid seafóideach, ní dhearna an buachaill ceaptha níos mó ná na daoine a thoghairm faoi na rudaí a bhí le tarlú san uair an chloig sin.

Tar go léir anseo, ba mhaith liom an fraochÚn mór seo a thaispeáint duit, nach ndéanann aon rud ach onóir an teaghlaigh a chiontú agus a mhisniú, mar go ndéanfar "ceartas" inniu. Cinnte níl ciall an cheartais ann do gach duine, tuiscint choiteann, daoine coitianta, a cheapann de réir nádúir smaoineamh difriúil, de réir a n-íogaireachta, agus na ndaoine eile sin, d'éirigh leo ollphéist a thógáil ina n-intinn, cheana féin ag an am céanna atá siad chomh leochaileach go bhfuil a gcuid gníomhartha mar thoradh ar a scrios féin ar an gceartas.

Cuirfimid i bhfeidhm ar maidin, a chomhshaoránaigh daor, an teaghlach agus an dlí traidisiúnta a ordaíonn marú aon duine ar mhaith leis fiú onóir teaghlaigh a shárú nó a athshlánú. Sa chás seo, maidir leis an bhfear óg seo, labhraíonn sé ní amháin ar an scrios a rinne sé ar an gceartas, ach labhraíonn sé freisin ar an scrios a rinne sé féin ar an teaghlach, ar na dlíthe agus ar gach rud eile atá ag an duine.

Chuir siad dall ar an mbean álainn sin, níor stop sí ag béicíl, Go maire sibh saoirse na mBan! Go maire tú cearta na mBan! ná seas ann, gníomhú, a dúirt sí lena lánchumhacht, agus súil aici go ndéanfadh bean éigin, as an oiread sin daoine a bhí ann ach ag faire, más cailín nó duine fásta í, machnamh ar a laghad ar an éagóir uafásach a bhí ag dul. Cé ceathrar fear, beirt ag breith ar a chosa agus beirt eile ag breith a lámha, agus an cúigiú fear ag coinneáil a cuid gruaige i gcoinne tábla iarainn.

Bhí slua díreach ag faire ar a leithéid de sheónna. Phioc an séú fear claíomh, duine acu sin a bhí deartha le haghaidh cogaidh. Bhuel, tar éis an tsaoil, bhí cogadh dáiríre curtha i gcrích ag Crasal i gcoinne na bunaíochta, cogadh meabhrach, cogadh fíor-onóra, tipiciúil de dhuine cróga mar í toilteanach bás a fháil dá hidéil, agus go leor eile.

An bhean óg álainn sin, álainn agus a fheictear, le súile glasa éadroma, liopaí brionglóideacha, dearg mar rós, gruaig dhonn dhorcha, aoibh gháire nár thóg duine ar bith uaidh riamh, ní fiú na chuimhneacháin dhorcha sin, éirimiúla, agus thar aon rud eile, lán le seachmaill , ní fhéadfadh sí an tuirse agus an streachailt chun a ceann a choinneáil suas, fuilteach agus allais, níorbh fholáir di luí ar an gcuntar.

Ba é an fear dorcha a dhear an claíomh leis an teideal neamh-urraithe ar bhuachaill, agus sin mar a d'aithin an teaghlach é fós, dhear sé an claíomh díreach don nóiméad sin. Shleamhnaigh an claíomh go crua ar an muineál, na tendons agus na cnámha scáinte in aon fhuaim amháin, spréigh an fhuil agus shroich sí brístí údar uafásach na cruálachta sin.

Bhí an corp ag crith agus phioc an ceann sin an t-uafás meabhrach sin chun é a nochtadh don phobal. Nuair a fuair an mháthair amach cad a tharla, bhí an oiread sin suaite uirthi go raibh sí dÚsachtach an chuid eile dá saol, ag siúl as seo go dtí an áit agus ag béicíl ar chuid de na slogáin dá hiníon a bhfuil cuimhne uirthi inar luaigh sí go bhfuil cearta na mBan ann! Tá cearta na mban ann! Síos le cos ar bolg! Saoirse baininscneach beo fada! Gan a bheith tuirseach, agus ar éigean go bhféadfadh a scornach screadaíl chomh fada sin a iompar.

Roimh an nglaoch ar aird agus éileamh eagraíochta idirnáisiúnta amháin nó eile, chuir na cúirteanna ceartais an t-ádh meabhrach i láthair, ach faic, scaoil siad leis agus níor tharla aon rud.

Chroith an nuacht seo eagraíochtaí feimineacha uile an domhain (den domhan aisteach sin). Bhí Safía agus Carazán i gcruinniú le ceannairí mná eile, agus iad buartha faoin staid pholaitiúil i Yorka ... agus ní raibh siad mícheart, toisc gur tharla coup míleata nua agus láidir sa tír sin ar an bpláinéad aisteach sin, agus toisc an staid shóisialta , bhí cúrsaí eacnamaíochta, polaitiúla agus cultúrtha ag dul in olcas.

Agus cad faoi na tíortha eile? Is é an freagra is taidhleoireachta nó measartha mar a déarfaidís amuigh ansin, nó, níos réasúnta, ó roinnt rialtas ná gur dhearbhaigh siad go raibh siad "sáraithe" ag na nósanna imeachta i gcoinne chearta an duine, go háirithe chun aimhleasa na mban in Islimiqui.

Mar gheall ar an imeaglú (ba chóir a shoiléiriú go gciallaíonn an sorcas agus an t-arán a thugann rialtas iomlánach do dhaonra, go bhfuil bagairtí taobh thiar den sorcas agus go bhfuil airm agus imeaglú taobh thiar den arán) a chuirtear leis na bliosáin aráin ar thosaigh siad á ndáileadh orthu " cúnamh a thabhairt "don daonra is boichte sa tír. Ba iad na piléir pholaitiúla iad chun an rialtas míleata nua a chomhdhlúthú níos éadóchasach ná an ceann a bhí ann roimhe seo, an rud is uafásaí agus is dorcha agus is uafásaí ná go bhfuil na rudaí déimeagrafacha agus díobhálacha seo do shochaí a hAon, cuid mhaith den daonra, ag tosú leis an éilliú preas, thosaigh dáileadh brónach brioscaí aráin a ghlaoch mar "phrionsabail pholaitiúla mhaithe ar an mbealach chuig ardthionscadal sóisialta."

Chuir an cineáltas, an mhíchaoithiúlacht agus an "aird" a thug na hoifigigh ar riachtanais na ndaoine rudaí leath oibre ... ós rud é go gciallaíonn rudaí leath oibre go bhfuil gach rud ag dul go maith, gurb iad na "cúiseanna" as ionsaí a dhéanamh ar rialtas de réir dealraimh nach ndearna sé rudaí go maith bailí, agus go raibh na hathruithe a thosaigh á ndéanamh sa tír "fíor" riachtanach.

Chomh luath agus a chuir iriseoir a bhí criticiúil faoi rún faoin rialtas deachtóireach ceist ar dhuine "ón gcoiteann", deirim, ón gcoiteann mar a deir daoine áirithe, mar gheall ar dhaoine (iad siúd a deir "na daoine coitianta") is cineál seachchreidmheach iad a itheann siad cac. Ba í an cheist a chuir an t-iriseoir air ná conas a mhothaigh sé faoi na bliosáin aráin a bhí an rialtas ag cur ar fáil dó gach lá? Agus seo d'fhreagair an fear: bhuel, iriseoir, sílim gurb é an "rialtas" seo an ceann a bhí ag teastáil uainn, a fheiceann tú ... ní dhearna an rialtas roimhe seo ach labhairt agus geallúintí a dhéanamh agus níor tharla rud ar bith ... ní raibh moráltacht ann nó prionsabail eiticiúla, os a choinne sin, anois ar a laghad tugann an junta míleata nua seo rud éigin do na boicht.

Idir an dá linn, ar an taobh eile den phláinéid aisteach sin, shéan ceannaire colúnaí eagraíochta mac léinn cathartha do nuachtán, cé nach raibh sé "tábhachtach" go raibh níos mó ná duine amháin a léigh é, darb ainm Inós, ag séanadh na mí-úsáidí a bhí ar an junta míleata nua is cúis. Theastaigh ón Inós óg go ndéanfadh an pobal idirnáisiúnta na mí-úsáidí sin a shéanadh, bhí guthanna an-chosúla á léiriú i gcodanna éagsúla, ó chultúir éagsúla agus le nathanna difriúla, bhí a fhios ag an junta míleata faoi na hagóidí i dtíortha eile ach níor fhreastail siad.

An bhfuil aon duine chun aon rud a dhéanamh? D'fhiosraigh bean tí neamhshuimiúil faoina raibh ag tarlú ... nuair a tháinig sí abhaile d'fhiafraigh sí dá fear céile, cuma daor, nach gceapann tú go ndéanfaidh tú rud éigin chun deireadh a chur leis an gcruatan seo go léir i gcoinne chearta na mban? Dúirt an fear céile sin leis go raibh an-eagla air mar gheall gur léir go gcuirfí brú uafásach ar aon chineál freasúra in aghaidh junta míleata nua gan ainm, imíonn siad as daoine agus sin uile, lig dóibh aire a thabhairt d'ath-eagrú rudaí ba iad na focail a bhí aige rinne tú iarracht í a chonsól, deir tú é toisc nach fútsa atá sé, níor éirigh bean an tí as a post féin.

Idir an dá linn, i dtír in aice láimhe, léirigh bean, a bhí ina hoifigeach airm, bhuel, tuigim go bhfuil gach rialtas uathrialach a rudaí a dhéanamh, ach tá oibleagáid ar gach stát meas a bheith acu ar chearta an duine. Ba ag an nóiméad sin a shocraigh sé "rud a dhéanamh ar son na tíre" mar a deirimid anseo. Bhuel, ní féidir le hoifigeach airm páirt a ghlacadh sa pholaitíocht, shíl sé, b'fhéidir má deirim le cara gur acadúil é, is féidir leis imeachtaí mar fhóraim agus seimineáir a eagrú d'fhonn an pobal i gcoitinne a chur ar an eolas faoin staid atá ag tarlú i Yorka.

Ag an am céanna, i dtír eile, ach an uair seo sa tuaisceart, tháinig na chéad deoraithe polaitiúla, nó dúirt níos fearr, na chéad deoraithe polaitiúla, ag tuairisciú ar na mí-úsáidí tromchúiseacha a bhí ag tarlú i gcoinne an daonra sibhialta. Bhí na scéalta grá, a bhí chomh speisialta roimhe seo, a shamhlaigh agus leis na seachmaill go léir, ag dul i léig mar gheall ar neamhshuim gach duine. Chinn roinnt rialtas, chun a bhfíor-fhearg a thaispeáint, ceangail taidhleoireachta agus tráchtála a ghearradh leis an rialtas míleata nua.

Tharla sé do dhuine a fhoilsiú, duine de na daoine intleachtúla meánaicmeacha sin a chreideann go bhfuil siad ar an taobh ceart den stair, nuair a chuirtear san áireamh na dálaí deacra ina bhfuair Yorka é féin mar gheall ar mhíshástacht chuid bheag de mhífheidhmeanna sa tsochaí, go raibh an B'fhearr dóibh foghlaim meas a bheith acu, a bheith disciplínithe, nuair a chuala siad é seo, chinn an Chomhdháil, puipéad an airm radacaigh, dlí a rith a d'údaraigh don junta míleata an daonra a chur ar ais a thuilleadh, agus chiallaigh sé sin go raibh bhí údar coincheapúil leis an mBan sin níos géire, agus an t-imthosca géaraithe nach raibh aon easpa eagraíochtaí ban ann a dúirt go raibh na dlíthe sin go léir riachtanach i ndáiríre ... (níl a fhios agam cad a tharlaíonn leis na heagraíochtaí ban sin).

Níorbh fhada gur thosaigh an rialtas míleata nua do Fuega, ceannaire polaitiúil na tíre, ag cáineadh, ón bpríosún, an rialtas deachtóireach níos oscailte, ag séanadh go poiblí na mí-úsáidí in aghaidh na mban agus na hionsaithe i gcoinne comhraic pholaitiúla. Le cabhair ó na Spartaigh, ghnóthaigh Fuega a shaoirse agus rinne sé iarracht cuairt a thabhairt ar gach cearn de Yorka chun a chur ina luí ar gach duine go raibh an méid a bhí ag tarlú an-dáiríre agus go raibh orthu daonlathas a tharrtháil le cearta do gach duine.

Mar a d'fhéadfaidís, rinne údaráis Yorka iarracht cumarsáid Fuega a ghearradh siar, ach seo, mar a tharla i bhformhór na ngéarleanúint polaitiúil nó idé-eolaíoch, ba é a rinne siad ná smaointe na saoirse a chur chun cinn. Thosaigh Fuega ag fáil cúnamh airgeadais ó roinnt fir ghnó a bhí cinnte faoi chruálacht an rialtais mhíleata, agus ó roinnt mná a thuig staid na mban sa tír.

Thosaigh grúpaí de mhná óga a gcuid mothúchán a chur in iúl trí cheol, dhún na húdaráis roinnt stáisiún a raibh fonn orthu an cineál seo amhrán a chraoladh, cuid acu an-rómánsúil, cuid eile de rithimí ceoil eile ach iad uile an-mhothúchánach (dúnadh an briathar. do dheachtóirí agus deasca, agus údaráis a rá, anseo tá sé chun gníomhairí coiriúla an rialtais mhíleata a chur in iúl, ní an Stát, toisc nach é an Stát atá an locht, i bhfad níos lú ar an náisiún).

Ní amháin gurb iad na mná óga na daoine a ghníomhaigh, chabhraigh na mná tí agus na ceannairí comharsanachta (thaitin téarma duine a chuala mé leis) go gníomhach le comhdhálacha agus cruinnithe a eagrú ionas go mbeadh teachtaireacht na saoirse ag Fuega. Ar dtús, rinne gníomhairí rialtais choiriúil (b'fhearr liom é a ghlaoch ar an mbealach sin toisc go bhfuil na húdaráis anseo chun an daonnacht a chosaint agus a urramú) iarracht aistrithe bhaghcat Fuega agus cosc a chur ar shlógadh a leanúna (ag an bpointe seo, bhí níos mó ná leantóir amháin ag Fuega cheana féin agus níos mó ná leantóir amháin).

Thug Fuega cuairt ar chathracha mar Omana, Khartoum, Fortula, agus príomhchathair Yorka, Everesta. Sna codanna seo go léir agus i réigiúin eile sa tír, glacadh go maith lena óráidí. In ainneoin na calumnies go raibh an rialtas ag tosú ag gestate cheana féin i gcoinne Fuega, de réir a chéile tháinig an daonra ina luí ar lochtanna tromchúiseacha an rialtais mhíleata i gcoinne shaoránaigh Yorka. An ndúirt mé ina luí? ... caithfear rudaí a insint do dhaoine ionas go mbeidh siad cinnte go bhfuil réaltachtaí ann cé go bhfeictear dóibh go bhfuil réaltachtaí ann nach bhfuil chomh dáiríre, caithfear glacadh leo, agus caithfidh siad é a mhothú i ngach rud réaltacht Go gcuirtear i láthair é ionas go gcaithfear iad a insint ionas go dtuigeann siad an réaltacht ina hiomláine.

Bhí brú idirnáisiúnta ag éirí níos láidre agus bhí slógadh sóisialta ag éirí mar bhricfeasta laethúil, áfach, lean gníomhairí rialtais choiriúil ag déanamh dúnmharuithe agus ag imeacht ar fud na tíre agus ag cur ceannairí agus ceannairí i bpríosún. den ghluaiseacht ar son Saoirse Chearta an Duine (gluaiseacht a bhunaigh Fuega tráth ar bith sa stair), is mó a rinne siad iarracht nathanna sibhialta a achomharc, is mó a radacaíodh óráidí Fuega.

Cuireadh Fuega í féin i bpríosún níos mó ná ócáid amháin, ach chuir brú sóisialta agus polaitiúil iallach uirthi í a scaoileadh saor, mar a deir na filí, arís agus arís eile, d'ardaigh roinnt leanúna de Fuega an fhéidearthacht airm a thógáil, rud nár thoiligh. Laistigh de ghrúpa leanúna Fuega bhí Sira, eipistéimeolaí óg ó Ollscoil Lárnach Everesta, ar bhuail siad leo ag cruinniú a tionóladh i dteach tacaí polaitiúil, mhol

Sira dó faoi inmharthanacht níos mó ná gluaiseacht shóisialta a rinne gestated lena cheannaireacht, d'fhéadfaí é seo a athrú go fíorghluaiseacht pholaitiúil a d'aithin le riachtanais shochaí Eabhrac.

Chinn Fuega, i gcomhar lena comhairleoirí Juniar, Axa agus Vienta, cé go nglacfaidís le páirtí a bhunú bunaithe ar a dioscúrsa ar an tsaoirse agus ar cheart na mBan, ní hí a dhéanfadh bainistíocht ar chinniúint an pháirtí ach seachas má rinne duine ar bith de cheannairí na gluaiseachta sóisialta, ghlac Fuega sa chás seo, agus toghadh Vienta mar uachtarán an pháirtí.

Go hoifigiúil fógraíodh gur cruthaíodh an Páirtí um Chearta Sóisialta, soláthraíodh ceann de na stáisiúin áitiúla don fhógra seo ... agus dúnadh é ansin. Máirseáil amháin a bheadh ann comhdhlúthú na gluaiseachta i gcoinne an rialtais mhíleata. Ansin chuaigh Vienta, mar uachtarán an pháirtí polaitíochta nua, i mbun máirseálacha ar fud Yorka chun brú a chur ar thoghcháin uachtaránachta agus parlaiminte.

Rinne an rialtas totalitarian, despotic, super truaillithe agus sceimhlitheoireachta an cinneadh bearta eile a fheidhmiú chun an ghluaiseacht shóisialta a bhí ag dul i gcruth agus a bhí ag fás a bhriseadh suas. Rinne an rialtas míleata, ag glacadh ról "comhréitigh" agus pragmatachais pholaitiúil, an páirtí polaitiúil um Chearta Sóisialta a dhlíthiú go hoifigiúil. Bhí grúpa "comhairleoirí" eachtracha ag an rialtas a raibh cuma níos mó orthu mar amhais intleachtúla ag freastal ar airgead agus éilliú. Le hanailís ar an staid shóisialta a bhí ag tarlú i ngach cearn de Yorka, ghlac an rialtas sraith beart chun dul i gcoinne an "neamhord" agus an "anarchy" a bhí ceaptha don tír, dar leis.

Ba é an smaoineamh a bhí ag an rialtas deachtóireach ansin ar an gcéad dul síos an páirtí polaitiúil a raibh Vienta i gceannas air a insíothlú, laistigh de na pleananna a bhí ann freisin do ghníomhairí coiriúla páirt ghníomhach a ghlacadh i léirsithe sóisialta, i measc pleananna bhaghcat eile, ach gan imeacht éigeantach a fhágáil ar leataobh agus feallmharú roghnach, agus ar ndóigh, bolscaireacht shalach, sin a thugann na polaiteoirí air, b'fhearr liom bolscaireacht choiriúil a ghlaoch air, d'imigh sé as.

Mar bhearta réamhchúraim nach raibh dul os comhair an rialtais choiriúil ag Fuega agus Vienta, is lú i bhfad a chomhlíonann an t-oifigeach coiriúil, cibé cuma sporadic agus coinníollach é, le haon oifigeach. Idir an dá linn lean siad ar aghaidh lena gcuid pleananna agus smaointe chuig gach cuid de Yorka leis na deacrachtaí go léir a léirigh a n-iarrachtaí a dtionscadail shóisialta agus pholaitiúla a shéanadh agus a chur i gcrích.

Ní fhéadfaidís na máirseálacha "dlúthpháirtíochta" a chailliúint mar thacaíocht don rialtas agus i gcoinne na "anarchy" a léirigh an ghluaiseacht shóisialta faoi stiúir Fuega. Níor éirigh liom riamh tuiscint iomlán a fháil ar an gcaoi a dtagann daoine chun bheith ann nach leomh siad, fiú amháin ag caint leo faoi na réaltachtaí a chuireann isteach orthu ionas go dtuigeann siad go bhfuil siad ann, tacú le rialtas suarach, truaillithe agus tíoránta (agus gach rud etceteras a bhí ann agus as sin is comhchiallaigh iad nó a bhfuil baint acu leis na téarmaí seo). Uaireanta sílim go bhfuil máirseáil a thacaíonn le rialtas coiriúil mar gheall (go cinnte) ar roinnt fachtóirí.

Ba chóir gurb é an chéad fhachtóir, dar liom, ná go bhfeileann gníomhairí coiriúla mar shibhialtaigh, ansin tá daoine ann a gcuirtear iallach orthu páirt a ghlacadh sna máirseálacha faoi bhagairtí báis, agus sa tríú háit tá na fanatics ann mar a déarfadh údar éigin air tagairt a dhéanamh do leanúna áirithe. de cheannaire áirithe nach bhfuil ag iarraidh rudaí a bhaint amach, déanann sé seo le chéile máirseáil mar "thacaíocht" dáiríre.

Samhlaigh má éiríonn le duine a bheith ina dhuine iontaofa ag cuid de cheannairí na gluaiseachta sóisialta sin? Ba í an cheist a chuir an Coirnéal Barneydo ar ghrúpa de na fir is gaire dó, b'fhéidir i mbeagán ama go n-éireoidh linn, a dúirt sé, go bhfuil gá fós le heagrú na gluaiseachta ionas gur féidir í a chomhdhlúthú, is gá go rachaidh an misean chun cinn go gasta más mian linn leanúint ar aghaidh sa todhchaí. cumhacht, ní féidir linn ligean do roinnt whores "anarchist" an méid atá bainte amach againn a bhaint.

Cén fáth go bhfuil thugs ann nach luann go díreach beagnach go bhfuil siad chun duine a dhúnmharú, nó go bhfuil siad chun duine a mharú, nó go ndéanfaidh siad masla, nó go n-imeoidh siad nó go bhfuadóidh siad daoine den sórt sin? Úsáideann siad téarmaí níos boige beagnach i gcónaí mar "an chathair a" ghlanadh ", nó" an truflais a scuabadh ar shiúl ", nó" duine den sórt sin a bhaint, "cén fáth go bhfuil sé? B'fhéidir go gceapann siad nach mbraitheann siad chomh ciontach ar an mbealach seo? Nó an gceapfaidh siad go bhfaighidh siad réidh lena bhfreagrachtaí trí theanga a ionramháil nó a mhúnlú? Lig do na thugs é a rá, nó ina áit sin, gan iad a rá níos fearr, gur thug a thugtar fiú má athraíonn siad an teanga, agus go bhfuil rialtas coiriúil coiriúil ionas go laghdaíonn siad na hóráidí.

Bheadh máirseáil mhór náisiúnta, a dúirt Vienta lena páirtí Fuega, beartaithe le tacaíocht ó eagraíochtaí eile, ina theannta sin, leis na bileoga a d'fhógróimis é do gach duine agus dár lucht leanúna uile, dhéanfaimis comhordú ar lóistíocht leis na struchtúir shóisialta eile, Fuega Le fuaim na bhfocal sin, d'iarr sé ansin cruinniú práinneach le príomhcheannairí na gluaiseachta sóisialta agus an pháirtí polaitíochta chun roinnt conclúidí ar an ábhar a anailísiú agus a tharraingt.

Chomh luath agus a bhailigh na mná agus na fir muiníne go léir ó Fuega agus Vienta araon, bheartaigh siad ansin go n-eagrófaí máirseáil mhór náisiúnta chun brú a chur ar thoghcháin agus cearta sóisialta a tharrtháil do gach saoránach de Yorka. Maidir le Sira, b'éigean don mháirseáil tosú in Omana, an dara cathair i Yorka, ansin dul trí Fortula agus príomhchathracha eile na tíre chun deireadh a chur le Everesta, bheadh an t-am measta don mháirseáil thart ar 30 bonn Centauri.

Má bhí pleananna ag an ngníomhaire coiriúil, an Coirnéal Barneydo, an Ghluaiseacht um Chearta Sóisialta a scriosadh, ní foláir an nóiméad sin a bheith ann anois. Dá bhrí sin, ón ardcheannas míleata bhí slógadh mór trúpaí aige sna príomhionaid uirbeacha, in ainneoin seo, bhí na ceannairí uile meáite ar an mórshiúl náisiúnta a dhéanamh agus éileamh go n-éireodh an rialtas míleata truaillithe as agus go nglaofaí toghcháin.

Bhí Fuega as a pháirt ag ullmhú chun an mháirseáil mhór náisiúnta a bheadh ar siúl laistigh de sheachtain a threorú go rathúil. Bhí sé beagnach dodhéanta pleananna lóistíochta agus comhordaithe na máirseála a choinneáil faoi rún, mar thoradh dosheachanta ar eachtra dá leithéid sceitheadh faisnéis chuig gníomhairí coiriúla an rialtais mhíleata éillithe.

Mheas daoine mar Ricardo, a thugann "pacifists" orthu féin, gurbh fhearr rudaí a shocrú go maith toisc go raibh droch-obair déanta ar rialtas agus gurbh é an rud ab fhearr ná taidhleoireacht a éileamh, idirphlé a d'fhéadfadh a bheith ann. Ach ba chúis leis an mbealach smaointeoireachta seo a teaghlach a roinnt, d'fhág a bhean Francisca an baile mar gheall ar a ndúirt sí, ní fhéadfadh sí fanacht in aice le fear a bhí neamhshuim le mí-úsáid an chine dhaonna, go háirithe bean na mBan, d'éirigh a chuid fostaithe as agus shocraigh siad dul isteach sa ghluaiseacht shóisialta faoi stiúir Fuega mar gur mhothaigh siad é mar thiomantas dá gcuid féin, a ndeirfiúracha na mná, troid ar son cúis chóir.

Síleann na daoine a mheasann gur "pacifists" iad féin gur chóir rudaí a réiteach de réir mar a cheapann siad, ar shlí eile beidh coimhlint ann. Déantar pacifism trí chomh-mheas, is cosúil go bhfuil sé chomh simplí, ach tá sé casta mar gheall ar na "pacifists" nach ligeann do dhuine ar bith rud ar bith a dhéanamh, ná nach ndéanann siad aon rud.

Chuirfí tús leis an mórshiúl náisiúnta ar son Cearta Sóisialta ... go háirithe do Chearta na mBan ar an 5ú de Sol Centauri. Bhí na deacrachtaí chomh mór sin go raibh ar Fuega agus Vienta araon bogadh go Omana faoi cheilt agus ag trasnú sléibhe chun a gcuspóirí a chomhlíonadh agus cuspóir na mílte Eabhrac a roinn an aisling "Yorka níos fearr" mar a dúirt na mana fógraíochta, agus iad ag caint ar fhógraíocht. , bhí grianghraif Fuega agus Vienta in éineacht le daoine eile dá lucht leanúna le feiceáil ar na sráideanna cheana féin le forógra saoirse agus Cearta Sóisialta.

Bhí an 5 de sol Centauri sin ar maidin iontach, bhí sol Centauri i gceannas ar an ócáid stairiúil a bhí chomh tábhachtach do Yorka ar fad a mhaisiú. D'fhógair duine de urlabhraithe truaillithe an rialtais mhíleata éillithe (gach duine a ghlacann páirt i rialtas atá lán éillithe agus éadóchais, fiú mura bhfuil sé riachtanach, truaillithe freisin) go poiblí nach raibh sa mháirseáil náisiúnta "den sórt sin" ach iarracht chun an rialtas a dhíchobhsú agus dá bhrí sin a rangú mar neamhdhleathach, dhéanfadh an rialtas cibé rud a cheadaigh an "bunreacht" chun an máirseáil a chosc.

Déanann rialtais totalitaracha iarracht i gcónaí a n-totalitarianism a cheilt trí bhunreacht pholaitiúil cheaptha nach raibh ann ach scriosadh bunreachta dáiríre chun a n-éadóchas a fhorchur agus iarracht a dhéanamh teagmháil dhlíthiúil a thabhairt dó, ansin, arán agus sorcais do na daoine a gcuirtear leis bunreacht polaitiúil a scriosadh agus a athraíodh de réir cosúlachta molann siad rialtas dlisteanach, dlisteanach, agus gur cúpla círéibeach iad siúd a dhéanann agóid (déanann rialtais tíoránacha fiú na réaltachtaí a cheilt), cowards chun aghaidh a thabhairt ar na réaltachtaí, faraor a rá.

Bhí sé deich a chlog ar maidin Sol Centauri i bpríomhchearnóg Omana, ní raibh ach iriseoirí i bhfabhar an rialtais éillithe, bhí na cinn eile díbeartha as an tír. I measc phleananna an rialtais bhí máirseáil chomhthreomhar eile a eagrú mar thacaíocht cheaptha dá junta míleata, conas a bhí siad ag dul a dhéanamh ionas gur spreagadh na mílte agus na mílte duine chun páirt a ghlacadh sa mháirseáil éillitheach sin chun dul i gcoinne na máirseála mór náisiúnta?

Is máirseálacha truaillithe iad na máirseálacha a thacaíonn le rialtais éadóchasacha agus éillitheacha toisc nach nathanna sóisialta iad ach is cauteroidí meabhracha iad na daoine atá i láthair sna cineálacha taispeántais seo ó éiríonn siad ina bhfíor-dhaonna nuair a stopann siad de bheith ina ndaoine, agus na Daoine a ghlacann páirt sna cineálacha máirseálacha seo cuirtear brú meabhrach orthu agus cuirtear iallach orthu páirt a ghlacadh, bagairt, bagairt uafásach agus fuadach go fisiciúil agus go meabhrach, a thabhairt chuig slógaí na tacaíochta ceaptha.

Bhí gach rud ag tarlú ar an bpláinéad aisteach sin, lean na pleananna don mháirseáil mhór náisiúnta lena gcúrsa fiú faoi bhagairtí, thosaigh gach rud beagnach ag meánlae, bhí súil ag na ceannairí a bhí in éineacht le Fuega agus Vienta go gcuirfidís níos mó agus níos mó le linn na seachtaine. leanúna.

Agus an rud a tharla timpeall Yorka ná go mbeadh an pobal idirnáisiúnta ag "monatóireacht" le gloine formhéadúcháin, nó deirim níos fearr, "go uileghabhálach" imeachtaí an lae mhóir náisiúnta ag cosaint na gCeart Sóisialta. Le linn na máirseála measadh go raibh thart ar chúig chéad breathnóir idirnáisiúnta ann chun monatóireacht a dhéanamh ar gach rud, chuir an rialtas míleata truaillithe in iúl é, cé nach raibh a fhios riamh cé hiad na breathnóirí, an rud a fheictear ná go leanfadh ceannaire ag imeacht ó am go ham. . Sóisialta.

An cries "Cearta Sóisialta beo fada! Mar chosaint ar Chearta na mBan! Ar son na saoirse agus an daonlathais! Síos leis an rialtas truaillithe!" Agus macalla an oiread sin forógra agus scairt ar fud na cearnóige. Ba mar sin a tharla, tar éis dóibh an mháirseáil mhór a thosú go raibh gníomhartha foréigneacha ag gníomhairí coiriúla an rialtais éillithe ag caitheamh urchair gáis cuimilte agus rubair, ba chúis leis seo scaoll i measc an daonra a ghlac páirt sa ghníomh poiblí agus ba é an toradh a bhí air ná neamhord agus caos na céadta duine, a dhéanann difear freisin do dhaoine an-leochaileacha mar dhaoine scothaosta, leanaí agus mná torracha.

Chuir fuaim buamaí agus gunnaí submachine eagla níos mó ar an lucht féachana. Ní raibh iontu siúd a bhí i gceannas ar gharchabhair a sholáthar ach rud ar bith níos mó ná a urramú, ní raibh an locht orthu, bhí siad faoi bhagairt freisin (ag bagairt mar gurbh é an briathar ab fhearr leis an rialtas iomlánach truaillithe). Bhí na ceamaraí agus na hiriseoirí ann, mar a bheifí ag súil leis, rinne siad iarracht na réaltachtaí seo a cheilt trí shots eile a chur i láthair. An mbeadh siad faoi bhagairt freisin?

Bhí a fhios ag Fuega go bhféadfaí é seo a chur i láthair, bhí a fhios ag na príomh-chomhoibritheoirí go raibh sé seo ag teacht, chuir díspreagadh agus deora mothúcháin bhaill agus leanúna na gluaiseachta sóisialta faoi uisce.

Ní féidir linn ligean don chás seo imeaglú a dhéanamh orainn! Yelled sé Fuega ag barr a scamhóga chuig a leanúna go léir. Caithfimid leanúint ar aghaidh, caithfidh an domhan ar fad a thuiscint go bhfuilimid sásta bás a fháil ar son na cúise, lean sí ag spreagadh a compánaigh.

Le focail Fuega, ba leor inspioráid do Vienta a iarraidh ar a lucht leanúna socair a dhéanamh, suí síos le do thoil, nach ndearna aon duine aon dochar d'aon duine nó do mhaoin, go raibh gach rud ag dul ar aghaidh mar a bhí beartaithe acu. .

Chuidigh Vienta agus na compánaigh eile le cuid mhór den slua a mhaolú, bhí an chearnóg fós lán, níor stop na buamaí gáis cuimilt ag glaoch agus ag gortú daoine.

I measc an chaos, d'éirigh le Fuega tacar callairí a bhí ullmhaithe don mháirseáil a úsáid agus thosaigh siad ag béicíl ar gach duine chun áitiú ar an máirseáil le do thoil, gur chóir go mbeadh siad aontaithe, rinne Fuega iarracht consól a thabhairt do gach duine trí bhíthin a cantaireacht sollúnta saoirse, a théann mar seo:

Saoirse ... is tusa neart an anama ...

Tá súil ... illusion síoraí teacht fíor ...

Grá ... croí aisling ...

Níl sa saol ach maireachtáil ...

Is síocháin an saol ...

Is dínit an saol ...

Ar an mbealach seo, agus tar éis suaimhneas aimsir, bhí lucht leanta Fuega in ann a mbiotáille a fháil ar ais agus lean an máirseáil ar a bhealach go Fortula, cathair mhór eile i Yorka ina raibh go leor leanúna eile ag fanacht leis, ceannaire iontach eile, Sira, as a cuid féin ag ullmhú tiúchan mór in Everesta, idir an dá linn bhí an t-arm teoranta chun imeachtaí ócáid shóisialta chomh mór sin a bhreathnú.

Shroich an mháirseáil mhór Fortula, bhí an slua lán ag súil leis, rinne an rialtas coiriúil, éadóchasach, iarracht máirseáil eile a eagrú in Everesta chun an caoineadh ar son cosaint na gCeart Sóisialta a chosc. Ar an láimh eile, chuir roinnt breithiúna as Yorka tús le trialacha i gcoinne Fuega, Vienta, Sira agus príomhcheannairí eile na gluaiseachta polaitiúla. Caithfear breithiúna a thabhairt ar bhreithiúna mar tar éis an tsaoil is é sin an teideal a thugtar orthu fiú más breithiúna iad faoi orduithe rialtais éillithe.

Ba é Calma an rud a rinne Fuega iarracht a spreagadh i gcónaí i measc a leanúna, agus é ag iarraidh díoltas nó gníomhartha foréigneacha ar ghníomhairí rialtais choiriúil a sheachaint, leanadh ag scaipeadh na mbileog i bhfabhar na saoirse, seachadadh na bileoga seo d'áitritheoirí uile na tíre, Is fiú a lua go bhfuil raon na strataí sa tír seo ó nialas go stratum fiche. Ritheadh na laethanta agus lean an máirseáil lena chúrsa, lean na pleananna ar aghaidh go rathúil. Bhí macalla ag na sceitimíní agus na forógra i ngach cearn de na bailte inar shroich siad.

VIII

Idir an dá linn, in áit eile, d'ordaigh Katerine, ginearál arm na tíre comharsanachta Azyatar, ar an eolas faoi gach rud a tharla i Yorka, do roinnt dá fir iontaofa faisnéis a dhéanamh sna príomhchásanna chun go mbeadh a fhios acu go pearsanta cad a bhí ag tarlú sna himeachtaí, Is dóigh liom go raibh níos mó ná rialtas amháin ag déanamh faisnéise, toisc go bhféadfadh náisiún a bhfuil an staid shóisialta agus pholaitiúil chomh tréan le staid Yorka géarchéim a scaoileadh sa chuid eile de na tíortha comharsanacha, táim chun a cheapadh gur cuid den loighic gach rialtais, nó ina áit sin, go bhfuil eagla mar chuid de loighic gach rialtais.

Den chéad uair i Yorka, laethanta fada tar éis an coup a dhéanamh, cuireadh aghaidh an rialtais deachtóireach ar an eolas go poiblí, chuaigh sé amach chun óráid a thabhairt, chuaigh Chakutin amach go príomhchearnóg Everesta mar a raibh na mílte duine ag fanacht dó. daoine a ghríosú air. Bhí beagán eagla orm mar bhí an máirseáil ar son Cearta Sóisialta ag éirí níos mó agus níos mó agus bhí sé ag dul níos gaire don phríomhchathair. Bhí Chakutin sásta stop a chur ní amháin leis an máirseáil, ach le Fuega freisin chun í a thabhairt chun trialach agus í a chur i bpríosún ar feadh a saoil.

Chuir an teilifís phoiblí isteach ar a cuid clár chun óráid an Uachtaráin Chakutin a chraoladh beo. Bhí sé thart ar thrí tráthnóna, tugann ríomh thart cuntas ar thart ar caoga míle duine a bhí i láthair ag an ócáid, lena n-áirítear, ar ndóigh, daoine ón bhfreasúra, faisnéis ó thíortha eile, bhí gach rud ann. Le trua uile an cháis, agus a phríomhghinearálaithe ag gabháil leis, chuir Chakutin tús lena óráid.

Ní raibh aghaidh Chakutin ar bhulaí, ní raibh aghaidh bulaíochta air, ach thug sé aghaidh an-chairdiúil air féin, caithfear a rá, bhí carisma polaitiúil aige. Sular thosaigh sé ag labhairt, ba é an chéad rud a rinne an t-uachtarán ginearálta ná forógra a scairt i bhfabhar na deachtóireachta míleata. Bíonn forógra na deachtóirí i gcónaí freagrach as an díograis chomh láidir sin gur fiú don fhreasúra iad a chanadh, caithfidh mothú aisteach mothúchán a bheith ann, chomh gann sin go ndéantar dearmad ar dhrochchuimhní fiú ar feadh nóiméid, is cosúil nuair a dhéantar rogha peile (cibé) atá ag imirt, níos mó nó níos lú an mothúchán a fheictear, an ar na meáin atá an locht? An bhfuil sé mar gheall ar chumhacht mhíleata a thaispeáint, mar gheall ar an suim agus gach rud eile?

Tar éis go leor laethanta fada ag siúl taobh thiar de bhrionglóid, cosúil leis na bohemians nach mbraitheann tuirseach toisc go bhfuil a n-utóip chomh fíor go siúlann siad amhail is go bhfuil siad ag iarraidh é a bhaint amach, amhail is dá mbeadh sé an-dlúth, cosúil leis na beacha a bhíonn ag eitilt ar thóir holc, cosúil leis na brionglóidí, súile na mban ag taitneamh mar fhíorchriostail, mothúcháin lán de mhothúchán, eagla i ngach áit ach le spiorad diongbháilte nach bhfaigheann an oiread sin bás nó dochar, ach leanúint ar aghaidh ag brionglóid.

Bhí an máirseáil mar thacaíocht don Uachtarán Ginearálta Chakutin ag iarraidh aghaidh a thabhairt ar an ngluaiseacht shóisialta, chuige seo thosaigh siad ag dul i gcoinne na gluaiseachta gan na gníomhairí coiriúla ag déanamh aon rud chun clabhsúr a sheachaint. Cuireadh tine ar an eolas faoi choimhlint a d'fhéadfadh a bheith ann le lucht tacaíochta an rialtais, i gcomhairle lena dhlúthchomhar shocraigh sé dul ar aghaidh go dtí go sroichfeadh sé na haidhmeanna a bunaíodh ó thús na máirseála.

Agus mar a bhíothas ag súil, tháinig an dá ghluaiseacht le chéile, foghlaimíodh go raibh ginearáil ghníomhach laistigh de na ceannairí a thacaigh leis an rialtas ag glacadh páirte agus ag treorú na léirsithe.

Ba é an t-ordú a thug Fuega agus a cheannairí ná go ndéanfaí gach rud go stuama in ainneoin an dul chun cinn, agus tugadh foláireamh dó dá ndéanfadh lucht leanta an rialtais nó a ghníomhairí coiriúla mí-úsáid nó gníomhartha foréigin a dhéanamh, On an chuid den ghluaiseacht shóisialta, ní dhéanfar aon iarracht freagairt. Bí ciúin le do thoil! Ní mór dúinn gan aon rud a dhéanamh chun ár ngluaiseacht pholaitiúil a chur i mbaol! Ba é an spreagadh a bhí ag ceannairí na gluaiseachta ar son Cearta Sóisialta.

Chomh luath agus a tháinig an dá mháirseáil le chéile, díreach ina dhiaidh sin, thosaigh lucht tacaíochta an rialtais ag maslú agus ag mí-úsáid na ndaoine a ghlac páirt sa ghluaiseacht shóisialta; lean rudaí ar aghaidh mar a bhí beartaithe ag Fuega agus a cheannairí go dtí gur bhuail duine éigin, deir cuid eile gur bhuail garda coirp de chuid de na ginearálaithe Fuega go crua ar a aghaidh, ba ansin a shocraigh a lucht tacaíochta freagairt le foréigean.

Bhí an radharc uafásach, tháinig agus d'imigh na builleanna, caitheadh clocha, d'iompaigh gach rud ina chaos, ar pháirc chatha, chaith na gníomhairí coiriúla gás cuimilt arís ag rannpháirtithe na gluaiseachta sóisialta.

D'fhulaing gach duine contusions ón bhforéigean a gineadh sa dá mháirseáil, áfach, d'áitigh Fuega deireadh a chur lena chuspóir, is é sin príomhchearnóg Everesta a bhaint amach agus toghcháin pharlaiminteacha agus uachtaránachta a phreasáil.

Mar a d'fhéadfaidís, d'éirigh leo dul go dtí an chearnóg, nuair a bhí siad ann, thosaigh gach duine ag béicíl leis an deachtóireacht! Ar son Cearta Sóisialta! Chun cearta cuimsitheacha na mBan! Chun an ceart chun saoirse! Ansin, tar éis tamaill, ghlac Fuega an lámh in uachtar agus thosaigh sé ag fógairt a óráid saoirse.

Nuair a chríochnaigh an ceannaire a cuid cainte, na daoine a bhí in éineacht léi, a bhí ina mílte, tá sé deacair a shamhlú cé mhéad duine a bhí ann san iomlán, toisc go ndeachaigh a lán daoine isteach sa mháirseáil le linn an turais ar fud Yorka, thosaigh gach duine agus gach duine ag exclaim leis níos frenzy forógra na saoirse agus na gCeart Sóisialta.

Nuair a tháinig deireadh le focail Fuega, chuaigh príomhoifigigh an rialtais, airí, comhairleoirí agus amhais intleachtúla le chéile i bpálás an rialtais faoi cheannas an Uachtaráin-Ghinearáil Chakutin chun cinntí faoi chois a dhéanamh, is é sin eagna an thug, na cúinsí agus an bás, toisc go raibh eagla orthu go n-éireodh an scéal as láimh ... faitíos i gcónaí.

Ar an láimh eile, agus gan cead nó toiliú na gceannairí, comhbhrón na gluaiseachta sóisialta a tháinig le fórsa chun roinnt meán cumarsáide a scriosadh agus gníomhartha loitiméireachta a dhéanamh. Spreag an nuacht faoi na neamhoird seo agus neamhoird eile a bhí ar siúl i roinnt cathracha i Yorka, go

háirithe in Everesta, an rialtas deachtóireach chun bearta suaithinseacha a

dhéanamh, leis an údar a scríobadh agus a dódh an t-ord poiblí a rialú.

Ba leor don uachtarán ginearálta le "déan gach a bhfuil le déanamh agat chun é

seo a rialú" do Flore, duine dá hairí, orduithe díreacha a thabhairt do na trúpaí

lámhach isteach san aer agus dá bhrí sin iarracht a dhéanamh imeaglú a

dhéanamh ar an lucht agóide. Thuig an Coirnéal Barneydo an teanga chriptithe

seo go han-mhaith, agus gan focal a thosaigh ag lasadh go neamh-

idirdhealaitheach ar na daoine a bhí ann, díreach ina dhiaidh sin, thosaigh an chuid

eile den arm ag déanamh meaisínghunnaí.

Is fiú a lua go raibh saighdiúirí ann a raibh airm an-sofaisticiúla agus ardchumhacht

acu, thuig gníomhairí an rialtais choiriúil é seo mar oifigigh airm agus póilíní araon,

thosaigh siad ag marú na ndaoine a bhí i radharc, ní raibh meas acu ar mhná

torracha fiú, ná buachaillí, Lámhachadh cailíní, ná daoine scothaosta ná aon duine

eile, Fuega agus príomhcheannairí eile freisin.

Tháinig crith ar bhaill d'eagraíochtaí tarrthála agus ní raibh siad in ann stop a chur

leis an massacre, is lú i bhfad dul chun cabhrú le duine ar bith toisc go raibh an

baol ann go ndéanfaí iad a mharú i gcúl urchair a raibh cuma tintreach orthu ag

titim ar choirp an tslua, mar sin féin a lean ag scairteadh slogáin na saoirse, mar

sin féin, bhí daoine ann nár fhág an chearnóg, ag dul amach cá háit? Chlúdaigh

gníomhairí coiriúla gach bealach amach, agus an oiread sin gur áitigh an lucht

agóide ar son Cearta Sóisialta a gcearta a dhearbhú, an oiread sin gur áitigh na mná cearta na mBan a dhearbhú gur lean siad orthu ag spreagadh forógra na saoirse.

Cuireadh an tUachtarán-Ghinearál Chakutin ar an eolas láithreach faoina raibh ag tarlú, ba é an duine a d'fhreastail air agus an té a ghníomhaigh, ach bhí a aire agus a ghníomhartha mall, amhail is go raibh rud éigin níos tábhachtaí ná an cruálacht a bhí á fulaingt den chuid is mó cearnóg Everesta.

Nuair a chonaic na trúpaí go raibh moill ar a n-uachtarán ginearálta cinneadh a dhéanamh, thug na daoine is fuilteacha armlón chun leanúint ar aghaidh leis an massacre. Chríochnaigh na gníomhairí áirseacha coiriúla, oibrithe deonacha ó eagraíochtaí agus grúpaí tarrthála a rinne iarracht cuidiú leis na daoine gortaithe íobairt na mílte duine a bhí sa chearnóg ach daoine gortaithe a d'iarr cabhair.

Tar éis uair an chloig de lámhach, de mharú cruálach, tar éis uair an chloig de dhaonnacht gan chosaint a stopadh, chuir gníomhairí coiriúla an rialtais stop leis an marú, ach ní le hordú oifigigh a tharla sé ach toisc go raibh an t-armlón imithe in éag. D'ordaigh an Coirnéal Barneydo armlón a sholáthar dá fhir chun leanúint ar aghaidh ag maslaíocht a dhéanamh ar na daoine a bhí fós ina seasamh ag béicíl forógra saoirse ach an uair seo chuir ginearál stad air, agus ní dhearna sé aon ghníomh trócaireach, is gníomh polaitiúil a bhí ann , a chaoin Stop an tine! Ná coinnigh íospartaigh neamhchiontach a mharú! Agus súile uisceacha á thaispeáint aige, craoladh é a mhéad uair ar theilifís stáit.

Entonces cuando por fin los organismos de socorro pudieron entrar al escenario de la masacre más horrenda que se haya cometido en toda la historia de Yorka,

Resatataron el cuerpo sin vida de Fuega y Vienta. Sira estaban sangrando por las heridas de bala pero con vida.

Ospidéal Sira, junto con otros compañeros lograron ser emptuados y ser llevados al, los médicos efectuaron una operación quirúrgica pudiendo extraer las balas que había recibido, algunos de sus compañeros heridos no sobrevivieron, algunas sup las. corrieron para custodiarla porque sabían que en cualquier momento podrían llegar los agentes criminales del gobierno para secuestrarla o asesinarla allí mismo.

Idir an dá linn, i bpríomhchearnóg Everesta, d'ordaigh na ginearálaithe aslonnú na gcomhlachtaí go léir chun iad a loscadh, rinneadh é seo ar fad d'fhonn aon ghearán a rinneadh i gcoinne an rialtais éillithe a shéanadh. Ag an am tháinig innealra trom agus go leor trucailí dumpála chun na mílte corp scaipthe agus dramhaíl a bhailiú, bhí an chathair á áitiú ag an arm agus níorbh fhéidir an chearnóg a bhaint amach.

Bhí an Ginearál Katerine, oifigeach airm Azyatar, an-tógtha leis an méid a tharla agus de réir orduithe óna ceannairí gan "páirt a ghlacadh" i ngnóthaí inmheánacha tíortha eile. Is é atá i gceist, nuair a tharlaíonn cásanna uafásacha i gcoinne na daonnachta agus nach ndéantar aon rud ina leith, go dtugtar castacht i gcoireanna.

Thuig an Ginearál Katerine go gcaithfí rud éigin a dhéanamh agus is é sin an fáth gur shocraigh sí taisteal chuig roinnt tíortha chun na farasbairr tromchúiseacha a tharla i Yorka a shéanadh, toisc go raibh na rialtais ar thug an ginearál cuairt orthu teoranta dóibh féin chun éisteacht léi agus ag gealladh go ndéanfaidh sé rud éigin.

Chun Cearta Sóisialta a fhorfheidhmiú, ghlac sí leis mar easpa íogaireachta do shaoránaigh agus go háirithe do Mhná agus mar dhearcadh neamhshuime ar thaobh na dtíortha a mheas sí a bhí ina gcosantóirí ar Chearta Sóisialta.

Ó tharla gur bhunaigh rialtais comharsanacha a gcuid faisnéise ar an méid a chuir an tArd-Uachtarán Chakutin chucu, chreid siad nach raibh an méid a tharla chomh tromchúiseach, gur mó de scannal na meán é ná aon rud eile. Chuir na daoine is "ionraice" iad féin teoranta do "dhiúltú go catagóiriúil na dúnmharuithe i gcoinne an daonra sibhialta," is eol dom na focail sin i ngach áit. Is é fírinne an scéil nach ndeachaigh na frithghníomhartha níos faide ná óráidí simplí, agus neamhaird á déanamh freisin ar an bhfaisnéis ó na gníomhaireachtaí slándála éagsúla a sheol Katerine a rinne tromchúis na n-imeachtaí a thomhas.

Ba léir don daonra i gcoitinne go raibh an t-am tagtha don deachtóir truaillithe Chakutin agus a lucht aitheantais go léir iad a ionchúiseamh agus iad a thabhairt chun príosúin, mar sin, nuair a tháinig sé slán ón tsláinte, ghlaoigh Sira ar rally arís chun Fuega agus Vienta a dhíbhe mar phríomh ceannairí na gluaiseachta sóisialta, d'fhreastail na mílte duine ar an ócáid i bpríomhchearnóg Everesta.

Bhí an tuiscint ag an tseirbhís sochraide gur sochraid ceann stáit í, ba chúis leis an tuiscint sin nuair a thug ceannairí polaitiúla agus sóisialta ó thíortha eile ómós ní amháin do na ceannairí tite ach d'íospartaigh an massacre freisin. Níorbh fhéidir don Ghinearál Chakutin an tsochraid ollmhór a chosc.

Spreag Sira, ag meabhrú cuimhne Fuega agus Vienta, spiorad na ndaoine trí phléascadh amach i bhforógra toirneach ar mhaithe le Cearta Sóisialta a chosaint, arís agus arís eile, rinneadh na hagóidí a ghinearálú ar fud Yorka agus eagraíochtaí na mban, an cúpla ceann a thacaigh leis an deachtóireacht fós. chinn an rialtas agus iad siúd nár shocraigh roimhe seo cén seasamh le glacadh leis, tacú leis an am seo, agus gan choinníoll, Sira agus an ghluaiseacht ar son Cearta Sóisialta.

Bhris an slua, an uair seo níos iomadúla agus níos misniúla, isteach i bpálás na parlaiminte chun gach duine a bhí i láthair a dhíbirt agus an guth a thógáil agus éirí as an deachtóir a éileamh, bhí slua eile plódaithe os comhair phálás an rialtais chun aghaidh a thabhairt ar an nginearál nach raibh ann cheana féin fhéadfadh a dhéanamh.

An uair seo, níor chuir na bagairtí, ná na heasnaimh, ná an chéasadh, ná na básanna, ná aon rud cosc ar mhuintir Eabhrac a gcuid mothúchán pian agus neamhchomhréireachta a chur in iúl diúltú don rialtas truaillithe a chuir i gcéill iad le verbiage puerile agus demagogic. go gcaithfidh na réaltachtaí lá amháin daoine a bhualadh ionas go dtuigeann siad réaltacht mar atá sí.

D'éirigh leis na ceannairí polaitiúla agus na heagraíochtaí sóisialta a tháinig chun páirt a ghlacadh san adhlacadh an tír a fhágáil mar ab fhearr a d'fhéadfaidís a dhéanamh, ach ní sula gcuirfí ar an eolas iad faoi na gníomhartha sceimhlitheoireachta agus na leatrom a bhí ar áitritheoirí Yorka ón nóiméad a táirgeadh iad an coup.

Bhí daoine áirithe a bhain leis an ngluaiseacht shóisialta in ann éalú ó thearmann polaitiúil agus é a iarraidh, i gceann tearmainn Sira nach raibh ina cuid pleananna, bhí a fhios ag ceannairí stáit na dtíortha eile go maith cheana féin cad a bhí ag

tarlú i Yorka, ba cheart dóibh ar a laghad é sin a aithint. ní raibh siad in ann aon

rud a dhéanamh.

Mar sin féin, léirigh baill áirithe den arm a n-easaontas i gcoinne an Uachtaráin-

Chakutin, go dtí go n-éilíonn sé go n-éireodh sé as freisin. Tharla neamhshuim

shibhialta i ngach earnáil den tsochaí, ceardchumainn, comhlachais agus grúpaí

ceannaithe, earnáil den chléir, eagraíochtaí mac léinn agus roinnt ceardchumann

eacnamaíochta, ní gach ceann, ba cheart é a shoiléiriú, ba mhaith leis a bheith ina

íóipse smaoineamh go bhfuil gach fostóir ina choinne córas coiriúil ós rud é nach

ligeann a leasanna dóibh a bheith buartha faoi na coireanna atá á ndéanamh i

gcoinne daonra.

Chuir na brúnna sóisialta, polaitiúla agus míleata corraíl ar an nGinearál Chakutin,

agus ba chúis leis seo go léir teitheadh sa deireadh, ag iarraidh tearmainn i dtír a

bhí i gceannas ar é a imeacht ón bpláinéad, ag labhairt go polaitiúil. Sa chás seo,

mar a tharla i ngach cás eile, ní dhearnadh ceartas riamh don údar coiriúil seo den

mhurt is uafásaí a d'fhulaing an tír riamh.

Bhí na páirtithe polaitiúla níos traidisiúnta i gceannas ar ord a athbhunú agus

rialtas sealadach a bhunú go dtí go nglaofaí toghcháin uachtaránachta agus

parlaiminte nua. Tugadh na ginearáil agus na saighdiúirí eile a bhí ar an mbord

rialaithe agus iad siúd a bhí in éineacht leis an áirse-choiriúil Chakutin chun trialach

d'fhonn achomharc a dhéanamh i sochaí Eabhrac, bhí atmaisféar níos fearr sa tír

cheana féin ach ní bheadh cuimhne an massacre pianmhar sin a scriosadh as

intinn na saoránach ... go háirithe saoránaigh baineanna.

IX

Gheall an t-uachtarán seo an t-uachtarán sibhialta a toghadh mar uachtarán an tUasal Agendo, ar leis an bpáirtí All for Peace é, tionól ginearálta a thionól chun cuid mhór de bhunreacht pholaitiúil Yorka a athchóiriú, bhí ionchais arda ag na páirtithe polaitiúla agus na heagraíochtaí sóisialta go léir maidir leis an deiseanna nua a bheadh ag an daonra.

Ansin tháinig Sira ina uachtarán foirmiúil ar an bpáirtí polaitiúil Gluaiseacht um Chearta Sóisialta, ag cothabháil idéalacha Fuega agus Vienta. Bhí cinneadh déanta aici rith mar iarrthóir do Pharlaimint Eabhrac agus ar an gcaoi sin cuid mhaith de na tionscadail a shamhlaigh sí a chur chun cinn lena comhghleacaithe tite agus lena leanúna.

Níorbh fhada gur tháinig an glao chun bheith ina réaltacht tar éis cúpla seachtain, ionas gur tháinig páirtithe polaitiúla chun cinn a lorg post sa chomhthionól ginearálta, sa chomhthionól seo rinneadh ionadaíocht ar an tsochaí Eabhrac ar fad. D'iarr Sira, mar pharlaiminteoir, ón tús go raibh mná rannpháirteach i ngach ceann de na gnéithe sóisialta, polaitiúla, eacnamaíocha, míleata, acadúla agus cultúrtha i Yorka, agus sin an fáth gur mhol sí an iliomad tionscadal a cheadú ag an National Tionól.

Go bunúsach an rud a bhí Sira ag iarraidh ná go mbeadh rannpháirtíocht caoga faoin gcéad ag mná laistigh de chumhachtaí an Stáit, go ngearrfaí pionós ar fhir a dhéanann drochíde ar mhná, cibé rud nach raibh an choir faoi bhun trí bliana ar a laghad sa phríosún. Go bhfuil ionadaíocht caoga faoin gcéad ag mná sa pharlaimint. Go mbunófaí institiúidí oideachais ardleibhéil chun ceannairí a oiliúint, ina theannta sin, go bhféadfadh mná atá ina dteaghlaigh, ina mbaintreacha nó go simplí iad siúd a bhí ina dteaghlaigh ina n-aonar nó tréigthe ag a dteaghlaigh rochtain saor in aisce ar oideachas, sláinte agus cearta chun a teach réasúnta.

En el deporte, Sira y sus nuevas consejeras officitaron que se promovieran campeonatos de mujeres en todos los campos conocidos y por conocer, para los deportes desconocidos había que aprenderlos y practicarlos con el propósito de que las mujeres participaran en todos los eventos deport. También en el campo cultúrtha, que las mujeres tuviesen sus propios eventos culturales, que las artistas plásticas y las escultoras pudiesen tener espacios para su participación, que asimismo las cantantes y cualquier mujer con talento pudiese desarrollar sus habilidanc con el apoyo. necesitase.

Go ndearna an bhean a bhí ag iarraidh a bheith mar chuid de na fórsaí míleata amhlaidh, agus go bhféadfaidís gairm mhíleata a shaothrú go dtí go sroichfeadh sí na leibhéil ceannais is airde. Go dtarraingeofaí aird ar obair na mban i gcónaí agus i ngach áit, ag cuimhneamh ar imeachtaí banlaochra stairiúla Yorka. Go raibh sé de cheart ag mná caitheamh aimsire agus a bheith saor in áiteanna sóisialta agus poiblí gan éinne a cheilt ar rud ar bith.

Chomh maith leis sin, d'fhéadfadh sé go mbeadh sé de cheart ag mná cinneadh a dhéanamh ar chóir dóibh leanaí a iompar nó nach bhfuil. Go bhféadfadh mná iad féin a chur in iúl ar bhealach ar bith agus mar sin féin theastaigh uathu go mbeadh a neamhchomhréireacht curtha i láthair le haghaidh aon eachtra. Ní dhéanfaí idirdhealú de chineál ar bith ar mhná ar chor ar bith, más cailín, fear óg, duine fásta nó seanbhean iad.

Leis na tograí seo go léir, chuir Sira iallach ar na parlaiminteoirí gach ceann de na tionscadail a cheadú d'fhonn saol sóisialta Eabhrac a fheabhsú, a dúirt nár tharla na cathanna ach i réimsí an chogaidh le raidhfilí ar a ngualainn? Bhuel, an chéad rud a dúirt an rialtas sealadach ná nach bhféadfaí ach roinnt tionscadal a dheonú i láthair na huaire ós rud é nach raibh aon acmhainní ann chun na tograí eile a chur i gcrích, rud a d'aontaigh an pharlaimint.

Chuir sé iontas ar Sira agus a lucht leanta go raibh an tionól teoranta dó féin ach roinnt saincheisteanna a mhaígh siad a bheith is ábhartha mar gheall ar an easpa acmhainní agus beartas stáit a cheadú. Ar buile, rinne Sira coinne leis an uachtarán i gceannas, Agendo, ach níor éirigh leis toisc gur mheas sé go raibh na tograí do mhná mar thodhchaíochtaí agus inniúla.

An t-aon rud a rinne an tUasal Agendo ná litir a sheoladh chuige ag rá go raibh tacaíocht an rialtais agus na Parlaiminte ag go leor de na tionscadail a chuir cosantóirí na mBan i láthair, ach gur as sin a mheas na sonraí go léir maidir leis an méid a d'éiligh siad a a lán le fiafraí, gur bhain dul chun cinn mór ina gcearta, a bhuí leis na coincheapa nua atá ag mná rialtais, a chuirfeadh gnéithe eile san áireamh ina dhiaidh sin.

Leis an bhfreagra seo, thosaigh Sira ag taisteal na tíre ag iarraidh tacaíocht neamhchoinníollach na mban chun a gcearta uile a fhorfheidhmiú. Mhol fir áirithe a bhí in éineacht leis an ngluaiseacht shóisialta roimhe seo go mbeadh Sira foighneach ó baineadh amach rud éigin, mhéadaigh na moltaí seo fearg Sira agus a comhairleoirí, an uair seo, d'éireodh an ghluaiseacht shóisialta do Chearta Sóisialta mar an Ghluaiseacht Shóisialta nua do Chearta na Mná.

Faoin mana seo, lean Sira agus na ceannairí a bhí in éineacht léi ar cuairt chuig gach cathair de Yorka ag taispeáint litir an achrainn dóibh, mar a thug siad focail shimplí gan bhrí an uachtarán orthu, agus ag fiafraí de na mná go raibh sé in am staid na mBan d'athródh Yorka agus dá bhrí sin bhí tacaíocht neamhchoinníollach na mban go léir ag teastáil uathu le go bhféadfaidís cumhacht a bhaint amach agus ar an gcaoi sin na hathruithe radacacha a bhí riachtanach do shochaí Eabhrac a dhéanamh.

Ní dhearnadh an chéad ghlao a rinne an Ghluaiseacht Shóisialta ar Chearta na mBan rud ar bith níos mó agus níos lú ná i bpríomhchearnóg Everesta le tacaíocht ó gach eagraíocht feimineach agus eagraíocht shóisialta éigin eile ina raibh siad san áireamh freisin d'fhir a bhí cinnte de thionscadal Sira , mheas siad go raibh cúiseanna láidre sna héilimh ar rannpháirtíocht níos mó ban i ngach réimse den saol i Yorka.

Mhínigh Sira, le dea-thoil, na cúiseanna leis an uachtaránacht a bhaint amach, luach tábhachtach na mBan a nochtadh agus dá bhrí sin ba ghá aird ar leith a thabhairt orthu. D'éirigh thar barr leis an taispeántas i bhfabhar cearta cuimsitheacha na mBan, bhailigh na mílte bean chun tacú leis an tionscnamh agus an uair seo dhírigh na forógra ar mhná, ar a son, ar a gcearta, toisc gurbh fhiú iad, toisc nach bhféadfadh sé a fhorordú leanúint ar aghaidh, nach bhféadfadh aon chineál saothraithe leanúint ar aghaidh.

Díreach ina dhiaidh sin, léirigh an tUachtarán Uachtarán Agendo, agus é ag iarraidh na biotáillí a mhaolú, go raibh mná an-chumasach aige ina rialtas, ach bhí sé seo níos déimeagrafaíochta ná aon rud eile agus sin mar a thuig ceannairí na Gluaiseachta Sóisialta um Chearta na mBan é. Ar aon nós, bhí toghcháin na huachtaránachta ag druidim linn agus thug gach rud le fios go mbeadh siad gar idir Agendo agus Sira.

Bhí ceannaire na gluaiseachta sóisialta nua sásta teacht i gcumhacht agus chuige seo chomhordaigh sí óráidí i gcomharsanachtaí, bardais bheaga agus i gceantair thuaithe. D'fhreastail Sira chun mná a chur ar an eolas ní amháin maidir lena moltaí rialtais agus faoi riachtanas na tíre sochaí chothrom a bhunú i dtéarmaí polaitiúla, sóisialta, eacnamaíocha agus cultúrtha.

Spreagadh na tíortha eile agus roinnt eagraíochtaí idirnáisiúnta um chearta an duine smacht polaitiúil agus teicniúil a fheiceáil agus a fheidhmiú sna toghcháin, déanach mar a bhí i gcónaí, ach is fiú dea-intinn é. Níor leor roinnt rannpháirtíochta a dheonú do mhná, níor leor é a thaispeáint do mhná i roinnt post tábhachtach a bheith ar taispeáint mar ghnóthachtáil pholaitiúil ó chumhacht, níor leor é chun Mná a dhéanamh mar ábhar do chúrsaí déimeagrafacha, níor leor é sin a dhéanamh roinnt dul chun cinn na mban sa tsochaí a mheas, bhí sé fíor-riachtanach Mná a aithint.

D'éirigh leis na mná, a bhí mar dhaonra tromlaigh i Yorka, Sira a aontú agus a thoghadh mar uachtarán nua na tíre. Reáchtáladh na toghcháin Dé Domhnaigh agus bhí na torthaí ar eolas tráthnóna cheana féin. Bhí an chóisir iontach! Den chéad uair i stair Yorka tháinig bean chun bheith ina huachtarán, tionóladh an ceiliúradh i bpríomhchearnóg Everesta. Bhí Sira agus ceannairí eile na Gluaiseachta Sóisialta um Chearta na mBan ag iarraidh siombail a dhéanamh sa phríomhchearnóg ar na hathruithe sóisialta nua a bhí ag teacht do na Yorkianas agus Yorkianos, an leathanach brónach a bhí mar mhurt a chasadh air, go ceann sona, a chuaigh, chuig ón nóiméad sin ar aghaidh, ceann de na héachtaí is mó, mar a dúirt Sira, do mhná agus do chearta cuimsitheacha na mban.

X

Bhí caidreamh rúnda ag Sira, ar a son féin, nó mar a deir imscrúdaitheoirí póilíní, rúnda. Bhí sé faoi bhuachaill a raibh grá meargánta aici leis, b'fhéidir go gceapfá gur abairt, frása é, ach bhí sí craiceáilte i ndáiríre faoin bhfear, a ainm, Jorgo, fear lúthchleasaíochta dea-thíolactha, d'oibrigh sé mar árachas fear díolacháin. Bhí cruinnithe acu in Ollscoil Lár Everesta, agus cé gur díbríodh as an institiúid é ag an am sin, bhí siad fós ag leanúint lena gcaidreamh.

Cén fáth nach raibh Sira ag iarraidh go mbeadh a fhios ag aon duine faoina suirghe? Bhí roinnt meáin, áfach, tar éis í a nascadh le roinnt lucht gnó agus polaiteoirí sa phríomhchathair, cén fáth nach nascann siad duine cumhachtach le duine go humhal riamh. Ní raibh dearcadh Sira i bhfianaise ráflaí na meán ach neamhshuimiúil.

Bhí grá agus oideachas an-speisialta timpeallaithe ag óige Sira, i ngach áit a labhraíonn siad faoi dhaoine a thagann i gcumhacht, ní féidir gur eisceacht í Sira. Nuair a bhí sí thart ar dhá bhliain déag d'aois, fuair sí a céad bhuachaill, faoi rún toisc gur chuir a máthair cosc uirthi caidreamh grá a bheith aici go dtí go raibh sí in aois dlí. Is rúndiamhair í an aois a bhí sí ina maighdean ... ní bheidh a fhios go deo.

Ní raibh níos mó saibhris, teach agus carr ag tuismitheoirí Sira, bhí post maith ag an athair i dtionscal cógaisíochta. Chuardaigh an mháthair, ar a son féin, airgead trí roinnt empanadas a dhéanamh!... Gan áibhéil, rinne siad líneáil di ar an mbloc chun í a cheannach ar maidin agus tráthnóna. Ní raibh siblíní ag Sira, ba í Lina Marcela an cara is fearr a bhí aici in óige agus ógántacht, cailín le hacmhainní airgeadais an-mhaith a rinne fad óna cara nuair a phós sí.

Bhí rannpháirtíocht Sira in imeachtaí sóisialta ar scoil agus san ollscoil an-ghníomhach, bhí sí ar cheann de na cailíní ba choitianta ach ag an am céanna níos cúthail, aisteach go raibh ... tóir agus cúthail. An oiread agus a mhol a máthair di staidéar a dhéanamh ar an dlí, roghnaigh Sira scrúduithe a dhéanamh in Ollscoil Lár Everesta le haghaidh gairme san eipistéimeolaíocht, mar dar léi gur theastaigh uaithi gach rud a bheith ar eolas aici ... agus gach rud a fháil?

Ó nóiméad amháin go dtí an chéad cheann eile shocraigh Sira Jorgo a phósadh, ba chúis iontais do gach duine é, fiú amháin do Jorgo féin, freisin toisc nach bhfaca duine ar bith í leis, an duine a raibh rún daingean aige a choinnigh an rún dó féin. Bhí an bhainis traidisiúnta agus gearr, gúna bán, an groom i gculaith dhubh, cairde anseo ... cairde ann ... toasts, bia, prótacail searmanais, fan! bhí an ócáid níos speisialta ná mar a shamhlófá.

Threoraigh comhairleoirí Sira í sa searmanas bainise, nó ina áit sin, mar a deir na díoltóirí, thug siad comhairle di. Chun críocha polaitiúla, b'éigean don phósadh an chumhacht a bhí ag Sira ag an am sin a thaispeáint, ní an oiread sin Sira, ach a rialtas féin, agus sin an fáth gur fostaíodh an grúpa ceoil is fearr sa tír. Bhí taispeántas faisnéise iontach le feiceáil sna meáin go léir.

Ní raibh imní ar Sira faoi na hábhair sin, b'fhéidir gurb é sin an fáth go raibh cuma chomh radanta uirthi ar lá na bainise, go raibh sí go hálainn, níos áille ná gach lá, go raibh a fhios acu conas na dathanna cuí a chur ar an ócáid. Bhí dearadh eisiach ag an gúna! mar a déarfadh gummy, iontach! Bhí sainchomhairleoirí íomhá áirithe tar éis an groom a oiliúint nuair a bhí sé ina sheal aige freastal ar an bpreas, chuig an ócáid tugadh cuireadh do níos mó nó níos lú 1,500 duine i measc baill teaghlaigh, cairde agus go leor strainséirí a bhí mar chuid de chumhachtaí an Stáit ... ina measc níos mó ná iriseoir.

Agus níos mó fós. Tharla nóiméad speisialta le linn cheiliúradh mór na bainise, nuair a rinne na céilí damhsa. Nóiméad iontach, anáil an rómánsaíocht, d'fhanfadh an ócáid iontach sin sa chuimhne, ní bheadh an caidreamh idir fir agus mná mar an gcéanna arís. Thosaigh roinnt cailíní áille ag scairteadh Mná chun cumhachta! Mná le cumhacht! arís agus arís eile, bhí sé cosúil le séis go cluasa Sira.

Idir an dá linn, chuir comhairleoirí rialtais leis an tuile bolscaireachta ceist na mBan, rith siad poiblíocht arís agus arís eile ag tabhairt faisnéise a bhaineann le luachanna baininscneach, ag sárú obair roinnt ceannairí agus ag spreagadh mná go háirithe chun a bheith mar chuid den arm agus de Phóilíní Yorka.

In ainneoin na ndúshlán a bhí rompu, bhí Sira ceanúil i gcónaí, ag miongháire ar gach rud. Fear gan mórán focal a bhí ina fear céile ach go leor deochanna meisciúla, an raibh locht air? Ar a laghad ba dhuine maith é. Agus cén ról a bhí ag an bhfear céile? Mar a d'iarrfadh duine, cén teideal a fhaigheann fear, fireann ó cheann go ladhar, nuair a bhíonn a bhean ina huachtarán ar thír?

Bhí cinntí na huachtaránachta radacach. Socraíodh gan ach mná a cheapadh chuig gach post rialtais, in ainneoin agóidí ó roinnt ceardchumann, eagraíochtaí acadúla, ceardchumainn eacnamaíocha agus páirtithe freasúra a chuir ina leith gur bhain sí mí-úsáid as cumhacht. Ní dhearna Sira neamhaird ach ar aon duine, ag maíomh gur daoine a raibh muinín acu astu agus gur theastaigh uathu iad a rialú go hiomlán.

Chuir an t-uachtarán brú ar an bparlaimint na tionscadail a bhí ag iarraidh cothromaíocht a dhéanamh uair amháin agus na cumhachtaí go léir idir fir agus mná a cheadú, i measc na dtograí bhíothas in ann dlíthe a rith a chuir iallach ar an Stát do mhná leath na bpost a fháil i ngach brainse cumhachta, is é sin, go raibh caoga faoin gcéad de na mná in oifig ag na cumhachtaí reachtacha, breithiúnacha agus feidhmiúcháin.

Iarradh freisin a cheadú go ndéanann mná agus fir an uachtaránacht a mhalartú mar seo a leanas:

Gur chóir go mbeadh na hiarrthóirí do thoghcháin leas-uachtaráin ar leithligh agus neamhspleách ar thoghcháin na huachtaránachta.

I ngach eatramh téarma, a chuimsigh sé bliana, an uachtaránacht do bhean agus an leas-uachtaránacht d'fhear malartach agus a mhalairt, ansin an uachtaránacht d'fhear agus an leas-uachtaránacht do bhean.

Bhí frithsheasmhacht shibhialta ag na ceaduithe seo ar imeall phálás an rialtais, ach choinnigh Sira grúpa leanúna dílis a thug chun na sráideanna chun tacú lena tograí, bhí siad dílis, gan a bheith trína chéile le fanatics.

Chomh maith le gach a bhfuil thuas, d'oscail uachtarán Yorka glao poiblí chun glaoch ar bhean ar bith a bhí ag iarraidh dul isteach sna hacadamh éagsúil chuig na céimeanna míleata agus póilíní, theastaigh ó Sira go mór d'fhórsaí armtha Yorka a bheith comhdhéanta de mhná den chuid is mó , nó i bhfad níos fearr, ina iomláine, as sin spreag sé an glao trí luach saothair maith a thairiscint dóibh siúd a shocraigh déanamh amhlaidh.

Bhí an éifeacht a rabhthas ag súil leis ag an bhfógra, spreagadh na mílte bean, i measc mná tí, a bhí ag dul trí gach gairm agus ceird, a bheith mar chuid den arm agus de na póilíní, luaigh mé ó mhná tí amhail is dá mba í an ghairm is uafásaí A mhalairt ar fad, Is gairm an-luachmhar í agus is beag aitheanta í. Is fearr a rá, ó mhná feidhmiúcháin agus ansin trí gach ceird.

D'áitigh na hagóideoirí nach leor an buiséad náisiúnta le haghaidh comhghairme den sórt sin agus nach raibh an oiread sin trúpaí ag teastáil ón tír, d'áitigh siad nach raibh aon ghá ann. Thug urlabhraí an rialtais le fios go raibh gá leis na hearcaigh nua agus go bhféadfaí na costais mhíleata nua a sholáthar trí bhainistíocht mhaith a dhéanamh ar acmhainní poiblí, ina theannta sin, bhí muinín ag an riarachán in athghníomhachtú gheilleagar Yorka, go háirithe san earnáil easpórtála. d'fhonn na costais a éilíodh sa bhuiséad náisiúnta a mhaoiniú.

Faoi rialtas Sira, dréachtaíodh cúig chéad míle bean idir ocht mbliana déag agus tríocha a cúig san arm i dtosach. Dhá chéad ochtó míle bean eile do na póilíní, as seo go léir bhí míchompord i measc roinnt oifigeach míleata a bhí i gceannas ard, staid a raibh an t-uachtarán ag súil leis agus nach raibh aon leisce ort leas a bhaint as an scéal trí na príomh-ghinearáil go léir a tharraingt siar agus oifigigh mná a chur ina n-áit, a chuir chun cinn go hingearach iad, gan aon mhodhacht, agus

míshástacht ó gach earnáil mhíleata, chun iad a cheapadh san ardcheannas

míleata, ó shaighdiúirí simplí go ginearáil le stróc an phinn.

I réimse na heacnamaíochta, chuir Sira forbairt oibreacha bonneagair chun cinn trí

chalafoirt a leathnú d'fhonn trádáil a mhéadú. Rinne sé idirghabháil sa talmhaíocht,

ag tacú go cinntitheach le barra tábhachtacha éagsúla don chiseán teaghlaigh, ag

maoiniú iompair chun táirgí a thabhairt ar an margadh.

Mar aon le tógáil na gcéadta ionad taighde i ngach brainse den eolaíocht agus

tacaíocht do dhaoine óga, beartaíodh acmhainní nádúrtha a uasmhéadú agus a

bheith nuálaíoch i dteicneolaíochtaí mar uirlisí saothair agus airm mhíleata.

Bhí na hairí ag iarraidh Yorka a chur i láthair an domhain mar shampla go raibh sé

de chumas ag mná próisis rathúla riaracháin phoiblí a dhéanamh a d'fhéadfadh

daoine a threorú.

Cuireadh an dúshlán i láthair na buntáistí a bhaineann le Yorka a thaispeáint

d'imeachtaí domhanda de chineál acadúil, cultúrtha agus spóirt. Chun seo a

dhéanamh, thaistil siad trí thíortha éagsúla ag múineadh gach rud a thairg Yorka i

gcúrsaí geilleagair, lóistíochta agus an chomhshaoil, le tacaíocht ó chláir speisialta

rialtais chun na críche seo.

Ba chóir a lua gur scaoileadh saor príosúnaigh pholaitiúla an réimis mhíleata,

rinneadh príobháidiú ar go leor cuideachtaí seirbhíse faoi dhian-rialú na n-

aireachtaí, iarradh go bhfostófaí taighdeoirí a bhfuil cáil dhomhanda orthu agus é mar chuspóir amháin oideachas a chur ar mhná óga i réimsí éagsúla. oideachas, teicneolaíocht, cultúr agus polaitíocht.

Úrnuacht do Eabhrac ba ea na claochluithe riaracháin, sóisialta agus polaitiúla nach raibh cleachtaithe leis an oiread sin athruithe ina dtír féin. Chruthaigh sé seo folláine do na saoránaigh ó rinneadh suirbhé le torthaí an-fhabhracha do Sira agus dá rialtas, áfach, chuir an chéad chinneadh eile a rinne sí corraigh go mór i measc sochaí Eabhrac.

XI

Tharlaíonn sé gur chuir Sira é faoi bhreithniú na parlaiminte. Is fíor-theist í an pharlaimint a chur san áireamh ach is cosúil go bhfuil sí réasúnta. Tionscadal inar tugadh dlínse speisialta do mhná a bhí comhdhéanta go bunúsach de chúirt cheartais neamhspleách a dheonú do mhná, agus as seo amach go raibh rannán eisiach ag gach eintiteas poiblí agus príobháideach dóibh, is é sin, go raibh institiúidí tráchtála ann, spóirt scoileanna, acadaimh, comórtais, gach rud, dóibh agus go heisiach dóibh.

 Thosaigh rudaí ag dul go han-mhaith in ainneoin go ndearna lucht freasúra polaitiúla ionsaí uirthi agus roinnt criticeoirí ó earnálacha áirithe den tsochaí ag bagairt bhaghcat a dhéanamh ar a tionscnaimh.

Ba é an chúis a bhí le cobhsaíocht an rialtais ná gur tháinig méadú deich faoin gcéad ar fhostaíocht, taifead an-mhaith do rialtas a bhí díreach ag tosú ar a fheidhmeanna. Bhraith sé i ndáiríre mar thimpeallacht ina raibh níos mó slándála agus folláine ann do gach duine.

Chuala an Ginearál Katerine an oiread sin maitheasa faoi Yorka gur shocraigh sí cuairt a thabhairt ar an tír agus d'iarr sí agallamh leis an uachtarán. Bhí sé ag iarraidh bualadh léi go pearsanta ó tharla an méid a tharla i bpríomhchearnóg Everesta.

Go deimhin, bhí an deis ag an nGinearál Katerine idirphlé a dhéanamh le Sira, chuir sí in iúl don uachtarán a mian a tír a athrú ar an mbealach céanna a bhí ag tarlú i Yorka, dúirt sí léi cé nach raibh staid na mban ina tír mar a bhí. chomh uafásach is a bhí sé i Eabhrac, bhí go leor éagóir ann agus gur beag a rinne rialtais an lae chun a staid a athrú, d'iarr sé comhairle agus comhairle ar Sira chun próiseas sóisialta éigin a dhéanamh a chuirfeadh feabhas ar dhálaí maireachtála na mban Azyatarian.

Mhol Sira gurb é an rud is fearr a bheadh ann dul isteach i saol na polaitíochta agus céimeanna na cumhachta a dhreapadh, agus spriocanna a bhaint amach ag an am céanna chun leasa na mban Azyatarian.

D'iarr an t-uachtarán ar dhuine dá príomh-chomhoibritheoirí, Florita, fónamh mar chomhairleoir agus cabhrú léi próiseas sóisialta éigin a d'fhéadfadh an ginearál a chur chun cinn.

Bhí an ginearál an-sásta leis an agallamh agus d'imigh sé as a tír ach níor thug sé dá aire roinnt eagraíochtaí sóisialta chun ceangail níos dlúithe a choinneáil lena gcuid gníomhaíochtaí agus tionscadal.

D'fhonn Yorka iomaíoch agus athnuaite a chur i láthair an domhain, thuig Sira go raibh uirthi tionscadail mhóra bhonneagair a mhaoiniú agus cuireadh a thabhairt d'infheisteoirí tacú leis an gcuspóir seo, mar sin ní raibh aon leisce uirthi staidiamaí, ionaid chultúrtha agus áineasa a atógáil, agus iad fíor a dhéanamh díobh. spásanna ullmhaithe d'imeachtaí móra.

Chuir ardú céime Yorka thar lear, an íomhá nua a cuireadh i láthair an domhain le Everesta ag an stiúradh mar chathair chosmopolitan agus thaitneamhach, leis seo foraithne an rialtais roinnt cánacha a ísliú, táirgí a thaispeáint agus imeachtaí atá ann cheana a threisiú mar leithscéal chun cuireadh a thabhairt do charachtair mhóra, rug siad a gcéad torthaí trí bheith ar siúl den chéad uair i stair Eabhrac ag craobhchomórtais spóirt an domhain.

Agus mar a bhíothas ag súil leis, reáchtáladh an sár-imeacht go rathúil, a chomhdhlúthaigh Sira agus na hAmónaigh i gcumhacht i dteannta le dea-íomhá na tíre, de réir mar a thosaigh na daoine ag glaoch ar a n-airí.

Bhuaigh tír aisteach eile craobh an domhain, níos strainséaraí ná Yorka (deir siad go raibh na páistí obedient), mar gheall ar leathnú go raibh an tír eile sin níos lú.

XII

Go tobann, as Azyatar, cosúil le huisce te, d'fhág píosa nuachta eagla, cráite ar dhaoine eile, agus d'fhág meas amháin nó duine eile ina measc siúd a bhí ag freastal ar an ócáid.

D'ordaigh an Ginearál Katerine coup leis an údar, a scríobadh freisin, go raibh an rialtas ag sárú an bhunreachta pholaitiúil, ag dul i bhfeidhm ar shaoránaigh a tíre.

B'fhéidir go mbraitheann sé aisteach, ach bhí Sira an-sásta leis an nuacht sin. Ba é an chéad rud a rinne sí nuair a cuireadh ar an eolas í faoi na rudaí a tharla in Azyatar ná nóta oifigiúil buíochais agus comhghairdeas a sheoladh as a bheith mar rialóir nua ar a tír. Katerine, agus í ag tuiscint go gcaithfí gach rud a dhéanamh go pras chun aon iarracht ar scriosadh a scriosadh, d'ainmnigh sí í féin mar an ginearál is airde sa tír agus dhíscaoil sí an pharlaimint agus gach eintiteas cumhachta.

Seol Sira as a cuid go pras, go práinneach! coimisiún saineolaithe ar ábhair a bhaineann le straitéis mhíleata, polaitíocht agus íomhá. Agus mar a tharla i Yorka, rinne Katerine iarracht feachtais a chur chun cinn chun mná a spreagadh chun dul isteach sna fórsaí armtha, ag tairiscint go leor airgid agus dreasachtaí dóibh freisin dul chuig na hionaid earcaíochta, mná de gach aicme, rásaí, aicmí sóisialta Go háirithe mná óga Tháinig mé chun bheith mar chuid den arm agus de na póilíní.

I dtús báire bhí an junta míleata faoi chathaoirleacht an Katerine an-ghinearálta comhdhéanta d'fhir den chuid is mó, ábhar a d'athraigh de réir a chéile; an lá eile chuir iriseoir ceist ar ghinearál ó Azyatar, a choinníonn a ainm ar eagla nach bhfuil a fhios agam cad é, cad a bhí ina thuairim faoi bhuille chomh neamhghnách agus gan chiall leis an méid a rinne an Katerine an-ghinearálta (ní raibh an t-iriseoir an-oibiachtúil ... is gnách é), agus cad a cheap sé faoi chlaontaí chomh neamhghnách céanna ar chosaint cheaptha na mBan dá gceadódh an daonlathas gach rud?

Cad atá beartaithe ag lucht bunúsacha feimineach a dhéanamh? Cuir faoi ghlas sinn nó ceangail gach fear as a bheith níos láidre ná mná, amhail is dá mba choir cheana féin é a bheith ina fhear? Níl ann ach áiféiseach smaoineamh ar rudaí den sórt sin, a dúirt fear míleata Azyatar. Ceann de na chéad ghníomhartha a rinne Generalissimo Katerine ná searmanas a reáchtáil chun a ardú cumhachta a chur ar bhonn foirmiúil, agus ba é Sira an t-aoi onóra. Chuir go leor cáineadh síos ar rialtas Eabhrac mar chreid roinnt anailísithe nár cheart tacaíocht a thabhairt do coup d'etat ar an mbealach seo agus go raibh tacú leis an ginearáltacht ag tacú le neamhdhleathacht.

I bhfianaise an mhéadaithe ar an gcáineadh, bhí uachtarán Yorka an-discréideach ina cuid gníomhaíochtaí poiblí, agus sin an fáth gur luaigh sí, i measc rudaí eile, gur agallamh í bean a raibh meas aici ar na dlíthe, agus dá bhrí sin go gcloífeadh sí leis bunreacht polaitiúil Yorka, seo, ar mhaithe le suaimhneas an daonra. Ansin, rinneadh oibríochtaí folaitheach de thacaíocht Sira don generalisima, ghabh oifigigh leithscéal leo féin agus iad ag taisteal go Azyatar ag rá go raibh siad á dhéanamh ar chúiseanna teicniúla go docht agus an farce ócáideach mar sin.

I Yorka rinne an t-uachtarán agus rinne sé é d'fhonn go gceadófaí na tionscadail go léir, ní amháin maidir le mná ach freisin tionscadail a raibh sé mar aidhm acu cáilíocht beatha na saoránach a fheabhsú, ní mór a rá, d'oibrigh na hairí go crua agus thaistil siad timpeall gach áit ag forghníomhú náisiúnta agus pleananna áitiúla agus é mar aidhm acu cur chuige níos fearr a bheith acu leis na daoine.

Bhí an bolscaireacht rud éigin úsáideach sa rialtas seo, uaireanta ní hé an phoiblíocht ná go ndéanann sé áibhéil ar rudaí ach go léiríonn sé a bhfuil sé ag iarraidh a thaispeáint. Bhí an lucht míleata ag dul i dtaithí ar mhná-oifigigh a fheiceáil i ngach áit agus ginearáil a thug orduithe de gach cineál dóibh agus gach rud chomh minic sin… is cosúil gur gnáthrud é.

Níorbh fhada gur tháinig deireadh sona le rialtas Sira, a bhí mar an chéad uachtarán i stair Yorka freisin. Arís eile, ba iad feachtais toghcháin ord an lae, agus cosúil le gach ceannaire, bhí imní mhór uirthi mar ní raibh bean ar bith ann a thiocfadh ina áit chun cumhacht a fheidhmiú. Fós féin, b'éigean do Sira fanacht sé bliana, dóthain ama chun a comharba a ullmhú mar uachtarán.

Las conmemoraciones no pasaban inadvertidos cada año en la plaza principal de Everesta, cada vez las celebraciones se hacían más vistosas, se veían más creativas, siempre se inspaba a las personas, especialmente a las mujeres para que asistieran a los eventos, y como en todas partes, habían discursos, algunas veces se relaxaba el uafásach acontecimiento en la plaza. Una compositora muy famosa escribió una canción recordando el suceso, y recordando a las lideresas y líderes que cayeron en esa tarde oscura, negra… todo lo uafásach que se pueda tuairiscir.

Con nostalgia, Sira le concedió el poder al nuevo ganador en las elecciones presidenciales, se trataba de Yini, un personaje muy popular por haber sido la mano derecha de Sira, efectivamente, Yini pertenecía al partido político Movimiento por los Derechos Sociales, era autor deor varios libros relacionados con la situación política y social de Yorka, se tenían puestas las esperanzas de que sería el continuador del proyecto político del gobierno saliente, pues, las promesas de campaña apuntaban a que sería de esa manera.

Is féidir a rá gur léirigh bean don domhan na claochluithe sóisialta is féidir a dhéanamh i sochaí trí smaoineamh ar dhaoine agus trí bheith ag obair go crua agus fiú gach lá. Ag comhlíonadh na ngealltanas agus a bheith ceart i gcur i bhfeidhm na bpleananna seanbhunaithe agus an toil pholaitiúil a bheith aici do na saothair go léir, uair amháin sa saol laethúil, a bheith ina gnáth-bhean cheana féin, bheartaigh Sira taisteal go Azyatar, toisc go raibh sí ag iarraidh a bheith in aice leis an An- Katerine ginearálta ag tacú léi ina rialtas agus mar chomhordaitheoir na n-athruithe polaitiúla sa tír sin, bhí a fhios aici go ndéanfaí í a cháineadh, ach an uair seo ní raibh inti ach iar-uachtarán.

I Yorka bhí daoine cosúil le Ricardo, an fiontraí beag teicstíle, a mhothaigh socair arís mar gheall ar, in ainneoin na n-eagla, agus an oiread sin foréigin a ndeachaigh an tír tríd, nach bhfaca sé a chuideachta éadaí faoi bhagairt riamh, d'fhill a iarfhostaithe ar ais ag obair leis agus fós d'fhill a bhean abhaile, bhí beirt leanaí acu cheana féin.

Tar éis a cuairte fada ar Azyatar, bheartaigh Sira cuairt a thabhairt ar thíortha eile chun a cuid taithí a roinnt le Fuega, a fianaise mar cheannaire ar thír iomlán agus an méid a bhí bainte amach aici ina rialtas, ina theannta sin, chaith sí a cuid ama ag tabhairt léachtaí ar cheannaireacht ban. , sea, mná a spreagadh le cinneadh a dhéanamh an tsochaí a athrú.

I dteannta a cuid oibre go léir, d'fhoilsigh Sira a cuimhní cinn, sa téacs a rinne sí turas óna hóige, faoina hógántacht, den nóiméad nuair a bhuail sí le Fuega agus nuair a shocraigh sí a bheith páirteach i dtionscadal sóisialta agus polaitiúil an cheannaire sin, freisin de chuimhneacháin deacra a shaoil, faoin gcaoi ar athraigh na heispéiris sin go cinnte a gcoincheap ar an domhan agus a ardú i gcumhacht. Bhí beagnach leath d'ábhar an leabhair tiomnaithe chun a smaointeoireacht pholaitiúil a ghabháil, conas agus cén fáth go raibh sé riachtanach an meon a athrú i measc fir agus mná araon, is fiú rud éigin tábhachtach a lua, bhí cinneadh déanta ag Jorgo dul i gcónaí lena bhean chéile.

Bhí go leor custaim athraithe i Yorka, go háirithe sa phríomhchathair, bhí fir ann a chuir pionóis eiseamláireacha ar cheartas, is é sin, ag Cúirt Bhreithiúnais na mBan nua-chruthaithe, go raibh mná sásta toisc go raibh an deis acu ar deireadh a bheith ag obair agus ag staidéar, d'fhill fiú mná in aois aibí ar institiúidí oiliúna chun ceirdeanna nua, mná neamhspleácha agus na poist miondíola, torthaí agus glasraí is bunúsaí a bhunú, nó bhí daoine ann a bhunaigh cuideachtaí nua agus beaga, chuir aonáin an Rialtais tacaíocht bhuan ar fáil do gach tionscadal gnó.

XIII

Shroich na buntáistí rialtais sin go léir a thug Sira go Stát Khartoum, áit a raibh Juliana de Autumn ina cónaí, riarthóir óg in Ollscoil Stáit Omana, bhí sí in ann na hathruithe a rinneadh do mhná a thabhairt faoi deara, bhí sí sásta! Den chéad uair ina saol chonaic sí go leor deiseanna chun tosaigh agus tharraing sí arís agus arís eile na brionglóidí a bhaineann le bheith ag obair agus ag pósadh lá éigin, chun teaghlach a bhunú le leanaí agus gach rud eile, ní raibh aon bhuachaill amháin ag an gcailín milis sin, a dúirt sí Bhí níos mó ná ceann amháin aici Bhí sí milis, tairisceana, grámhar, cosúil le go leor mná Eabhrac, bhí cónaí uirthi fós lena tuismitheoirí, leantóir de Yezika, amhránaí cáiliúil a bhí i bhfaisean, ghléas sí an-neamhchasta, cailín an-chliste a d'éirigh léi a chríochnú ard-staidéir.

Lig a ghrásta agus a phearsantacht an-speisialta dó a bheith fostaithe i gceann de na cuideachtaí airgeadais is fearr sa tír, Dineros Tostadas, mar a thugtar air toisc go raibh na cáipéisí a úsáideadh san eintiteas donn, ag tabhairt cuma aráin tósta dó. Bhog an chuideachta seo na milliúin i raon leathan gnólachtaí sa tír agus thar lear. Agus Julianita, as ádh! Bhí a leas-stiúrthóir gnóthaí gnó ceaptha acu, post measartha ach ceann a bhí leordhóthanach chun an cailín sin a líonadh le lúcháir.

Uaireanta, tar éis rath tosaigh duine tugann siad ádh do thosaitheoirí air, huacala! Is é sin a deir daoine nach bhfuil in ann tallann agus luach na ndaoine a n-éiríonn leo ina gcuideachtaí a aithint, toisc gur léirigh Juliana a cuid scileanna agus Ar an gcúis seo, ceapadh í mar bhainisteoir ar rannán tráchtála Dineros Tostadas trí chomhaontú d'aon toil ón mbord. stiúrthóirí, rud beag luath, ach caithfear a admháil gur cailín an-gruagach agus an-chliste a bhí inti, agus, caithfear a lua, gur bean álainn fheictear í.

Le himeacht aimsire, bhí iontas ar Juliana a thabhairt faoi deara, ina chéad chruinniú le bainisteoirí uile na cuideachta, gurbh í an t-aon bhean a bhí i láthair, bhuel, shíl sí, seo mo chéad eispéireas i bpost bainistíochta, is dóigh liom go bhfuil sí as láthair. is gnáth baininscneach sna freagrachtaí seo.

Mhéadaigh an imní an oiread sin nach bhféadfadh sé é a thógáil níos mó tar éis cúpla lá, agus mar sin d'fhiafraigh sé dá chomhghleacaí iontaofa cén fáth go bhfuil an oiread sin mná as láthair sa chiorcal bainistíochta, níl an cheist an bhfuil mná ann nó nach bhfuil, nó an bhfuil mná ann nó nach bhfuil, nó an bhfuil. an bhfuil fir nó nach bhfuil, Cén nonsense faoi machismo agus feimineachas! Tá mná níos macho ná fir, is é fírinne an scéil nach gcuirtear chun cinn ach iad siúd a bhfuil cumas leordhóthanach agus ceannaireacht mhaith acu, a dúirt sí, agus í ag tabhairt aghaidh ar Juliana.

Mar a thug mé faoi deara le déanaí, ó chuir an rialtas roimhe seo faoi chathaoirleacht Sira, tá rannpháirtíocht na mban curtha chun cinn an oiread sin i ngach réimse den gheilleagar, riarachán poiblí agus gach eintiteas i gcoitinne, a mhaígh Juliana, ag an am céanna lena páirtí. chuir sé isteach uirthi, ag dearbhú gur déimeagrafaíocht pholaitiúil íon a bhí sna rudaí seo, agus nach dtéann aon duine chun cinn sa saol dáiríre toisc go bhfuil siad fireann nó baineann, ach toisc go bhfuil na cáilíochtaí ag gach duine le bheith sármhaith in aon réimse den saol.

Níor mhair an comhrá fada, ghlac Juliana leis go raibh sí an-nua sa domhan sin go léir ina raibh sí ag bogadh, agus go raibh sé iomarcach smaoineamh ar na rudaí sin. Ní raibh sé éasca a bheith i do stiúrthóir, bhí na freagrachtaí iontach agus an-íogair. D'fhéadfadh sé go gciallódh aon bhotún, is cuma cé chomh beag agus a d'fhéadfadh sé, mar shampla, go bhféadfaidís í a chur sa phríosún nó a dhíbirt ón gcuideachta, scoldáil ar a laghad ó chuid dá ceannairí. Thabharfadh sé seo strus Juliana go teorainn a cumais choirp, ansin b'éigean di dul i gcomhairle le dochtúir, thug sé treoracha di maidir le conas déileáil leis an ualach struis, chuir sé roinnt cóireálacha le chéile, a raibh vitimíní an-láidir ina measc.

D'éirigh leis na cleachtaí coirp agus tomhaltas na gcógas an intinn agus an fuadar laethúil a gcuid oibre a neartú. Rinne Julianita é go toilteanach, agus a fhios aici go raibh luach saothair cinnte taobh thiar den oiread sin iarrachta, ní amháin i dtéarmaí eacnamaíocha, ach go sóisialta freisin. Agus sochar sóisialta á lua, tuigtear go raibh ar Juliana gealltanais oibre a chomhlíonadh trí fhreastal ar fáiltithe éagsúla go dtí go déanach san oíche d'fhonn stocaireacht a dhéanamh ar ghnó, conarthaí a dhúnadh le cuideachtaí eile ... go leor ábhar tábhachtach dá cuideachta.

Bhí Julianita, níos mó ná nós, ag éirí as a cuid cúraimí laethúla. Lá amháin, agus turas gnó á pleanáil aici le cuid dá comhghleacaithe, d'fhoghlaim sí go raibh comhghleacaí dá cuid, ón rannán gnó céanna, ag tuilleamh a dhá oiread agus a rinne sí. Dhealraigh sé seo di, agus go deimhin féin, airde na héagóra, níor cheart go mbeadh sé mar sin, shíl sí, déanann an comhghleacaí níos lú oibre ná mise, bhí sé óg, b'fhéidir go raibh a easpa taithí nó sinsearachta á meá ag an am conradh ... choinnigh sé ag smaoineamh.

Bhog Mind síos ón obair go léir, go háirithe ón méid a bhí foghlamtha aige óna chomhghleacaí maidir le híocaíochtaí. Tráthnóna amháin bhuail sí le cara léi i mbeár, agus d'inis sí di faoi na rudaí a tharraing a haird, labhair sí faoi easpa na mban, an tuarastal is ísle agus sonraí eile nach bhfuil ar eolas acu ach. Chonnaic a cara, a bhí ina feimineach géar agus ina leantóir dílis de ghluaiseacht na gCeart Sóisialta, beagnach an deoch a bhí á ól aici, tógtha le focail Juliana.

An lá dar gcionn, cosúil le gach lá, d'fhill Juliana ar a cuid oibre crua, ach an chéad rud a rinne a cara ná dul chuig an oifig le haghaidh ghnóthaí na mban, ba eintiteas é a cruthaíodh le linn rialtas Sira chun cearta na mban a chosaint. Bean a raibh tacaíocht aici ó gach eagraíocht feimineach. Shéan cara Juliana ansin a raibh ag tarlú i Dineros Tostadas mar gheall ar easpa rannpháirtíochta ban. Cosúil le haon oifig rialtais, dúirt siad leis toisc nach cuideachta phríobháideach í, nach raibh Dineros Tostados faoi cheangal ag a pholasaithe maidir le párolla chun mná a fhostú, ach go mbeadh míniú ag teastáil uathu.

Chuir cara Juliana níos mó iontais as neamhéifeachtacht na hoifige sin a bhí ceaptha cearta na mban a chosaint, ní dhéanann sé aon chiall go bhfuil oifig ann chun mná a chosaint ach os comhair aonáin stáit agus go gcaithfidh siad a glúine a dhéanamh! do chuideachtaí príobháideacha! yelled sé. Bhí ar roinnt póilíní í a ghabháil.

XIV

I sraith imeachtaí, ghlaoigh cara Juliana ar Sira agus dúirt léi go raibh sí i ndeacrachtaí agus go raibh a cúnamh ag teastáil uaithi chun teacht amach as an bpríosún, is éigeandáil é! Maidir léi féin, Sira, cé go raibh sí as an tír Chinn sí freastal ar riachtanas a cara. Tháinig sí cúpla lá ina dhiaidh sin in éineacht le roinnt dlíodóirí a chuir a cara as an bpríosún go tapa.

Nuair a bhí siad amuigh, bhuail siad le chéile i mbialann. D'inis cara Sira di faoi gach rud a bhí ag tarlú le Juliana agus faoi neamhéifeachtacht na hoifige a bhí ceaptha cearta na mban a chosaint. Bhí Sira tuisceanach, in ainneoin na n-athruithe a rinneadh sna réimsí polaitiúla agus eacnamaíocha d'fhonn cearta iomlána a thabhairt do mhná, go raibh cuideachtaí ann, go háirithe daoine príobháideacha, a thug neamhaird ar roinnt dlíthe ina leith seo. , Ní raibh aon leisce air teagmháil a dhéanamh leis an uachtarán nua agus trácht a dhéanamh ar an staid.

Ba chúis imní é mar ceapadh go gcaithfidh gach rud a bheith ag dul go maith do mhná de gach rang, ach bhí an réaltacht an-difriúil. Bhí agallamh ag Sira leis an uachtarán nua Yini, dúirt sé go dímheasúil léi gan a bheith buartha, an cáilíocht neamhthráthach í i ndáiríre? Cibé ar bith, ach bhí dearcadh agus focail Yini dímheasúil, dúirt sé freisin go raibh feabhas mór tagtha ar dhálaí na mban. Rud a chuir isteach ar an gceannaire agus a ghlaoigh máirseáil mar agóid shóisialta i gcoinne lucht gnó nach raibh ag iarraidh na dlíthe a bhaineann le cearta iomlána na mban a urramú ... is riachtanas é!

I ndíospóireacht pholaitiúil sa pharlaimint, bhí an deis ag Sira aghaidh a thabhairt ar cheannairí eile na modhnóirí mar a thugtar orthu, ar a dtugtar amhlaidh toisc go bhfuil a mbealach cainte an-bhog ach go domhain tá siad níos foircní ná na bunúsaitheoirí.

Chuaigh ceannairí mná eile i dteagmháil le Sira agus iad ag trácht ar chásanna eile cosúil le cásanna Juliana, is cosúil nár fhoghlaim siad gur cheart go n-urramófaí a gcearta iomlána do mhná, shíl Sira le frustrachas éigin. Ní féidir a bheith ann go nglacann roinnt earnálacha sóisialta leis an oiread sin streachailt agus an oiread sin fola a chailliúint! D'áitigh na ceannairí mná is gaire do Sira go bríomhar i gcruinniú urghnách chun an cheist a phlé.

Is cuma cé chomh deacair agus a dhéanann siad iarracht cearta na mban a fhorfheidhmiú os comhair na gcúirteanna ceartais nó os comhair na gcomhlachtaí rialaithe a cruthaíodh leis an gcuspóir aonair sin, is focail fholamh an freagra a fhaigheann siad, toisc go bhfuil an rialtas nua neamhshuimiúil faoi cheist na mban freisin toisc go bhfuil sé thóg siad cumhachtaí ó na comhlachtaí rialaithe agus ceartais ós rud é gur áitigh na húdaráis nach raibh aonáin den sórt sin riachtanach, mar gheall ar, a dúirt siad, sa deireadh thiar thall, freastalaíonn aonáin phoiblí agus phríobháideacha ar fhir agus ar mhná go cothrom, agus is tábhachtaí, sábhálann siad caiteachas poiblí.

Déanfaimid máirseáil iontach nua! A scairt Sira, agus lean sí ag rá: ní mór dúinn ár gcearta iomlána a eagrú agus a éileamh! Cuireann roinnt mná cumhachtacha atá dílis do phrionsabail chearta na mban in iúl do Sira go raibh siad sásta dul léi in ionsaitheacha polaitiúla agus sóisialta chun a éileamh go gcuirfeadh an rialtas na dlíthe a bunaíodh chun na gcríoch sin i bhfeidhm.

 Eagraíodh an mháirseáil mhór nua go luath, cé nár stop iriseoirí ó gach cearn den domhan ag ceistiú Sira ag fiafraí di cén fáth go raibh sí ag gníomhú an raibh rudaí i Yorka athraithe go hiomlán sa deireadh, i ndáiríre, bhí cearta nua faighte ag mná chomh maith agus léirigh suirbhéanna sástacht mhór ina leith an chuid de na mná sna réimsí polaitiúla, eacnamaíocha agus sóisialta.

D'áitigh Sira nár leor na hathruithe seo go léir fad is a bhí cuideachtaí ann nach raibh meas acu ar chearta iomlána na mban, agus cé nár chuir an rialtas i bhfeidhm iad, bhí níos mó le déanamh, go ndearna an rialtas nua feall ar ghluaiseacht Shóisialta Mar sin b'éigean cearta agus athruithe nua a dhéanamh, ar na cúiseanna seo go léir leis an mórshiúl.

In ainneoin nár údaraigh an rialtas lá na máirseálacha, thug sé cead dóibh pas a fháil de ghnáth, ag súil nach gcuirfí isteach ar ord poiblí. Go dtí seo bhí gach rud ag dul go maith, ansin d'fhéadfaí slogáin a chloisteáil le linn na n-agóidí ag éileamh ar Yini éirí as an uachtaránacht ... glaoch ar thoghcháin nua! Screamed an slua.

Is cosúil gur fhoilsigh an rialtas, in iarracht magadh a dhéanamh ar an mórshiúl nua, tuairimí ceannairí mná sna meáin, ag tabhairt foláireamh go raibh rudaí athraithe go mór cheana féin, nach raibh ciall ar bith leis na taispeántais.

Dúirt anailísithe polaitiúla nach bhfuaireadar freagraí, sásúil ar a laghad, ar a raibh Sira agus a leanúna ag iarraidh, thug siad le fios dá mbeadh an t-easaontas mar gheall ar neamhéifeachtacht chúirteanna ban agus eintiteas rialaithe, go bhféadfaidís na rialacha a fheabhsú ionas go bhféadfadh thiocfaidís éifeachtach ina n-iompar, ionas go mbeidís ina n-aonáin éifeachtacha i gcosaint chearta na mban, ach sa deireadh níor ghá an oiread sin fuss.

Bhí go leor mná a chuaigh in éineacht leis an máirseáil ... agus tá sé brónach ... chuir na póilíní isteach air a shocraigh i lár na príomhchearnóige gás cuimilt a sheoladh chun an slua a scaipeadh, agus fiú diallait, ná go raibh go leor mná beartais i measc na póilíní. Ansin shocraigh Sira dul chun tosaigh ar phálás an rialtais chun éirí as Yini a éileamh, gabhadh í arís, ag cuimhneamh ar am na sceimhlitheoireachta, cén fáth go bhfuil siad ag gabháil ceannaire? Chuir a cara, an Ginearál Katerine teachtaireacht spreagtha chuici agus chuir sí ar fáil do gach a bhféadfadh sí a bheith ag teastáil.

Ba nóiméad ríthábhachtach na himeachtaí sin toisc go raibh toghcháin reachtacha ag druidim, ní fhaca Yini aon fhadhb i Sira ag filleadh ar chumhacht, bhuel, mheas sí go raibh go leor saoirsí i Yorka cheana féin. Ansin, i bpríosún, scríobh Sira Manifesto na mBan, leabhar a d'éireodh ina dhiaidh sin ar cheann de na cinn is mó a léitear ar domhan ... ar an bpláinéad aisteach sin.

Luaigh an forógra nár chóir do mhná ní amháin socrú a dhéanamh le haghaidh cóireála maith, ach gur cheart dóibh cearta iomlána a éileamh agus a ráthú sna réimsí saothair, acadúla, eacnamaíocha, polaitiúla, sóisialta agus cultúrtha. Iomlán, gan dearmad a dhéanamh ar rud ar bith.

De réir mar a d'éiligh ceann de na prionsabail is ábhartha cearta polaitiúla iomlána, d'éiligh an prionsabal seo go raibh oibleagáid ar gach bean tiomantas a dhéanamh agus páirt a ghlacadh i ngluaiseacht pholaitiúil baineann agus go raibh sé de dhualgas uirthi tacú go cinntitheach le ceannairí mná a bhí ag iarraidh dul in oifig phoiblí cibé acu a bhí méaraí, rialtais, comhdhála nó an uachtaránacht. Go ndéanfadh gach bean a shroich aon phost poiblí monatóireacht agus ráthaíocht ar chearta iomlána na mban.

Maidir le cearta saothair, ag an bpointe seo, ceanglaíodh ar gach fostóir go raibh sé de dhualgas ar mhná gnóthachain chomhionanna a fháil le fir i dtuarastail in aon phost freagrachta agus nach raibh cumhachtaí na mban i gcomparáid le fir ar chúis ar bith. Cibé cúiseanna atá le cuideachtaí fir a íoc níos mó ná mná i dtuarastail, ba cheart a léiriú gur idirdhealú inscne iad, agus mar sin ba chóir iad a dhaoradh le déine uile an dlí.

Dá bhrí sin, b'éigean na difríochtaí a urramú go hiomlán agus aird á tabhairt ar an scéal go raibh cumais na mban i roinnt réimsí oibre níos fearr ná cumais na bhfear. Ina theannta sin, cáineadh aon iarracht ar mhí-úsáid saothair, síceolaíoch nó mhothúchánach freisin, agus go raibh ar údaráis mná féachaint go buan ar staid na mban i gcuideachtaí, cibé acu institiúidí príobháideacha nó stáit iad.

Maidir le prionsabal na gceart iomlán chun sláinte, ghlac Sira ceist an ghinmhillte go críonna, mar bhreathnaigh sí le roinnt amhrais ar an dara agus an tríú rún a bhí ag roinnt eagraíochtaí ban trí mhíthuiscint a dhéanamh ar aon scríbhinn ina leith seo, ach thug sí aghaidh ar an gceist i ar bhealach a chosain cearta na mban, i measc rudaí eile, ceanglaíodh ar an Stát sláinte na mban a ráthú, go háirithe na mná sin nach raibh acmhainní acu ar chúis éigin force majeure nó a bhí mar cheann an teaghlaigh.

I réimse na gceart ar oideachas, bhí Sira an-chúramach sa réimse seo, ó mheas sí go raibh gach ceart eile ag brath go bunúsach ar an bprionsabal seo, d'éiligh sí ní amháin go múinfí dóibh ach na gnéithe bunúsacha den oideachas a bhaineann le heolaíocht cruinn, nádúrtha. , sóisialta agus daonna, ach chuir sé in iúl do mhná freisin go raibh gnéithe cosúil le spóirt, cultúr agus rannpháirtíocht pholaitiúil bunúsach i bhforbairt na mban go léir.

Ag tús an oideachais, d'éiligh Sira freisin go ndéanfaí cúig ábhar ar a laghad a theagasc i ngach grád amháin agus go heisiach do mhná agus iad a dheachtú, ina raibh ábhair a bhí difriúil ó bhonn ó ábhair na bhfear agus a bhí á múineadh do gach aois. ba ghá na gnéithe seo den oideachas a dhoimhniú.

Bhí uachtarán Azyatar, General Katerine, i gceannas ar Manifesto na mBan a scaipeadh go mór. Luchtaíodh focail an fhorógra ní le fuath, ach le mothúcháin a rinne iarracht mná a chosaint mar dhuine a bhí go hiomlán neamhspleách agus difriúil ó Man, bhí siad lán de mhachnaimh dhomhain go dtí gur bhain sé amach an méid nach raibh bainte amach ag an máirseáil, go raibh go leor acu Chinn na mná ceannairí nár tháinig isteach ar Sira ar chúiseanna polaitiúla nó neamhshuim shimplí, go raibh sé in am sochaí Eabhrac a athrú go cinntitheach agus go hiomlán.

Thosaigh mná a bhí toilteanach aghaidh a thabhairt ar na fórsaí slándála, an rialtas, an preas ... gach duine, ag teacht le chéile taobh amuigh den pheannacht áit a raibh Sira chun agóid a dhéanamh i gcoinne cearta iomlána na mban agus éileamh uathu a chosaint. údaráis a scaoileadh saor láithreach.

Níor thóg sé fada don Uachtarán Yini saoirse a dheonú don cheannaire, bhuel, agus é ag fágáil na sráideanna, bhí siad pairilis leis na taispeántais a rinne mná ar fud na tíre go spontáineach ag ceiliúradh saoirse Sira agus ag fógairt mná a bheith i gcumhacht!

Ghlaoigh Sira cruinniú leis na comhoibritheoirí ba ghaire di agus shocraigh siad gníomhú trí mháirseáil ar fud na tíre chun éirí as an Uachtarán Yini a éileamh as cearta an chine daonna a shárú, cruthaíodh é seo nuair a glaodh ar an arm tacú leis na póilíní leis an d'fhonn " rialú "(agus d'fhonn a mharú?) an t-ord poiblí ina mbeadh básanna gan dabht.

Faraor, sin mar a tharla sé. Go dochreidte, léirigh na meáin ionsaithe fuilteacha i gcoinne an daonra sibhialta, a fuair, cosúil leis an deachtóireacht mhíleata, mná i riocht toirchis freisin. Chuir oifigigh rialtais, ar mian leo biotáille a achomharc, i leith na n-imeachtaí seo mar achrann i gcoinne dronganna armtha ... argóint a úsáideann rialtais choiriúla go ginearálta.

In ainneoin na mbagairtí agus na mbásanna, lean na taispeántais ar aghaidh ar feadh roinnt laethanta, chomh mór sin an chíréib a thug na gníomhartha foréigneacha i gcoinne na mban go raibh oifigigh fhir ann a rinne ceannairc i gcoinne an rialtais go dtí go raibh siad ag tabhairt aghaidhe ar na fórsaí armtha.

Thionóil uachtarán Yorka comhairle na gcomhairleoirí, a rinne machnamh ar thoghcháin uachtaránachta a chur ar aghaidh chun níos mó doirteadh fola a sheachaint "idir deartháireacha agus deirfiúracha Eabhrac."

Den chéad uair, bhí na hearnálacha ban go léir ailínithe mar bhean shingil chun tacú le hiarrthóireacht Sira, nach raibh aon rogha aici ach glacadh léi tar éis brú láidir ó go leor ceannairí a chuir timpeall uirthi.

Is fiú a lua gur shocraigh earnálacha sóisialta leathan inar socraíodh fir de gach aois tacú le cúis na mban a chonaic i Sira ceannaire a bhí in ann cosaint ar chearta sóisialta iomlána a léiriú.

Bhuaigh Sira na toghcháin go mór mór, an freasúra ag magadh faoi go raibh saincheist "feimineach" ina siombail den streachailt. D'fhill Sira i gcumhacht ach an uair seo le fórsa níos polaitiúla.

Chuaigh bainisteoirí cuideachtaí agus ionadaithe na gcuideachtaí is mó i Yorka i dteagmháil leis an uachtarán nua-thofa d'fhonn a "fearg" a chur i gcoinne cuideachtaí príobháideacha trína dhearbhú di go mbeadh meas acu ar na rialacha an uair seo, gheall siad na rialacha a chomhlíonadh go daingean. dlíthe a bhaineann le cearta iomlána na mban.

Ar dtús, d'aontaigh Sira éisteacht leis an lucht gnó chun teacht ar chomhthoil le gach duine acu d'fhonn meicníochtaí a aimsiú, ionas go bhféadfaí cearta iomlána na mban a fhorfheidhmiú. D'ullmhaigh na comhoibritheoirí agus na ceannairí a chuaigh in éineacht le Sira, as a bpáirt, sraith tionscadal chun dlíthe a chur i bhfeidhm go cinntitheach a ligfeadh do mhná a bheith luachmhar mar sin ... nó eile, a meas a fhorchur.

Nuair a suiteáladh Sira san uachtaránacht, ba é an chéad rud a rinne sí ná fíneálacha a eisiúint do chuideachtaí a sháraigh na dlíthe d'aon ghnó. I gcásanna eile, ordaíodh do roinnt cuideachtaí príobháideacha dúnadh. Go tobann, d'ordaigh Sira, i ngníomh a bhí gan fasach agus ionadh, an pharlaimint a dhúnadh, ag tagairt dó seo go raibh na parlaiminteoirí ag sárú an bhunreachta.

D'athcheap sé ginearáil ar tháinig ginearáil agus oifigigh eile ina n-áit a raibh an rialtas roimhe seo díláithrithe, ag áitiú gur leor an oiread sin ban san arm agus go háirithe i gceannas.

Bhí Aoa, ceannaire a cheap uachtarán Yorka mar aire cogaidh, i gceannas ar na mílte bean eile a earcú san arm, agus é níos déine trí oifigigh mná a chur in áit beagnach an ordaithe míleata ar fad. Idir an dá linn, ceapadh ceannaire eile darb ainm Eldy mar cheannasaí ar na póilíní agus bhí sé ar cheann de na mná ba radacaí sa ghluaiseacht ar mhaithe le mná a chosaint.

Chuir Eldy oifigigh mná in ionad na ceannaireachta iomláine freisin agus thoghairm na mílte bean eile chun fónamh san fhórsa póilíneachta, chomh maith le cuidiú le dlíthe a achtú chun feidhmeanna na bpóilíní a neartú. Mar thoradh ar a antoisceachas rinne sí gníomhartha a chuaigh níos faide ná mar a measadh a bheith dlíthiúil, agus in ainneoin na ngearán a rinne roinnt saoránach, ní dhearnadh aon imscrúdú riamh. Mar shampla, bhí cásanna ann inar gabhadh fir as mioneachtraí le mná a d'fhéadfaí a mheas mar ghnáthchásanna i réimse an chómhaireachtála.

Chuir an tAire Cogaidh Aoa, leis an tsaoirse a dheonaigh Sira di ina feidhmeanna, comhlacht rúnda go tapa comhdhéanta de mhná mionlach ón arm agus ó na póilíní d'fhonn monatóireacht agus "rialú" a dhéanamh ar aon eachtra a d'fhéadfadh sláine na mban a chur i mbaol. .

Shocraigh na hoifigigh seo, ar a tugadh na Amazons ina dhiaidh sin, mar gheall ar na hairm sofaisticiúla agus na scéimeanna éagsúla a d'úsáid siad dá gcuid oibríochtaí agus a roinn na smaointe céanna le Aoa agus a bhí chomh radacach le Eldy, cuairt a thabhairt ar roinnt cuideachtaí.

Nuair a bhí siad taobh istigh d'áiseanna cuideachta, chuaigh siad ar aghaidh chun agallaimh a dhéanamh leis na mná a bhí ag obair ann, thug siad camchuairt ar na háiseanna agus ansin, má mheas siad go raibh teipeanna ann nó má fuair siad aon locht a rinneadh in aghaidh an dlí, glacadh leis mar shárú i gcoinne lánchearta na mban, chuaigh siad ar aghaidh ansin chun an bainisteoir agus na stiúrthóirí a ghabháil, chuir siad cúisí os comhair chúirteanna ceartais na mban agus gearradh pianbhreitheanna roinnt blianta sa phríosún orthu in am taifead.

Leis na mí-úsáidí go léir, chuir an rialtas mná go húdarásach mar bhainisteoirí agus stiúrthóirí, i bhfocail eile, choigistiú siad cuideachtaí agus é mar aidhm acu cearta na mban a fhorfheidhmiú, d'fhéadfadh sé gur bholscaireacht idé-eolaíoch í, ach is é fírinne an scéil gur leithscéal é cearta na mban. sárú a dhéanamh ar dhlí Eabhrac.

Ní raibh ach cúpla lá caite ó bhí rialtas nua Sira agus na hathruithe agus na srianta
an oiread sin agus bhí siad ar siúl chomh gasta sin gur shocraigh roinnt earnálacha
gnó agus an tsochaí shibhialta laethanta taispeántais a eagrú i gcoinne na rudaí a
mheas siad a bhí ina mbrú in aghaidh chearta an duine.

Os a choinne sin, áit éigin i Yorka, tháinig bord rúnda d'oifigigh shinsearacha airm
le chéile chun coup d'etat a phleanáil mar gheall go raibh go leor acu ag maíomh
go raibh cearta an duine agus an bunreacht á sárú, chomh maith le hinstitiúid na
bhfórsaí armtha bhí fórsaí an rialtais á mbualadh go dona ag fórsaí nua.

Ba oifigigh óga iad a bhí, go paradóideach, díreach tar éis a bheith curtha chun
cinn ag an aire cogaidh. Thosaigh na daoine óga seo, a raibh tionchar ag na
veterans orthu freisin a chonaic Sira mar bhagairt ar status quo na bhfear, ar
chéimeanna na sochaí, ar ord poiblí agus ar a lán rudaí eile a raibh siad ag éirí
paranóideach dóibh cheana féin, ag spreagadh daoine óga eile. fir mhíleata chun
gníomhú go tapa.

Sa chruinniú a bhí ar siúl, an chomhairle maidir le conas agus cathain le gníomhú
chun Sira a bhaint de chumhacht, cheap duine éigin an smaoineamh "iontach" leas
a bhaint as na laethanta agóidí a bhí ar siúl os comhair phálás an rialtais chun murt
a dhéanamh agus é a phleanáil ar bhealach "cliste" ionas go gcuirfidh na meáin
agus an tsochaí an milleán ar an rialtas as na dúnmharuithe, gan amhras
ghinfeadh an cás seo éagobhsaíocht an rialtais agus thabharfadh sé cúiseanna le
Sira agus a cuid cronaí a bhaint de chumhacht Nochtadh na hoifigigh a bhí i láthair.

Agus mar sin a tharla sé. Tráthnóna amháin, timpeall a cúig a chlog, bhí timpeall is cúig mhíle duine ag agóid os comhair phálás an rialtais. Níor thug éinne faoi deara aon aimhrialtacht, ní fiú an fhaisnéis mhíleata a chuir Aoa ar bun, ní raibh amhras ar éinne faoi.

Chuaigh grúpa fear faoi cheilt mar mhná ag druidim leis an gcearnóg, chomh maith le mná fíor eile a raibh fuath acu do Sira ar chúis aisteach éigin. Nuair a tháinig an nóiméad, agus gan aon fhocal nó rabhadh a chur in iúl, d'oscail siad tine ar an slua, bhí roinnt oifigeach le feiceáil freisin a bhí faoi cheilt orthu féin mar mhná póilíní agus airm, a thug aghaidh ar an slua, agus a d'oscail tine. Mar sin féin, d'éirigh le meitheal d'oifigigh póilíní dílse aghaidh a thabhairt ar na marraitheoirí.

Foilsíodh na físeáin a thaispeánann mná beartais ag dúnmharú ar chlé agus ar dheis le neamhaibí neamhghnách sna meáin go léir ar fud an domhain. Ansin tháinig ceannairí sibhialtacha a bhí urraithe ag an arm amach chun an eachtra a shéanadh mar ionsaí cruálach i gcoinne na daonnachta ag rialtas Sira, ag an am céanna thosaigh siad ag scairteadh imprecations i gcoinne Sira agus a cuid cronies, mar a thug na hagóideoirí orthu.

Láithreach, tháinig faisnéis mhíleata, ar a raibh fir agus mná araon, ar an gconclúid gur plota ar fad a bhí ann cúisí a thabhairt do Sira agus chuir sí in iúl di gur cheart di gníomhú go gasta i dtéarmaí polaitiúla agus míleata mar go raibh imoibriú slabhrúil ag teannadh léi a chuirfeadh deireadh léi. de chumhacht, mar sin ghlaoigh Sira preasagallamh timpeallaithe ag a hairí go léir i gcuideachta roinnt ceannasaithe míleata fear sinsearacha, a bhí fós dílis di, a shéanadh don domhan mór gur plean coiriúil a bhí sa mhurt chun na fíricí a chúiseamh. agus gur coup an cuspóir, mar sin, thug sé rabhadh do na fórsaí armtha go léir gur chóir dóibh fanacht ar airdeall.

Rinne gníomhairí póilíní cuardach iolrach go dtí gur ghabh siad roinnt d'údair ábhartha na gcoireanna. Gheall an rialtas do shochaí Eabhrac go ndéanfaí an ceartas, agus chun iarracht a dhéanamh spiorad na n-earnálacha áirithe den tsochaí a mhaolú, bhí Sira le feiceáil ag féasta a bhí timpeallaithe ag lucht gnó agus mná, ag rá leo níos mó ná ócáid amháin go raibh gá leis na hAthruithe agus go bhfaigheadh fir agus mná cóireáil mhaith ón rialtas i gcónaí, ós rud é nach ceist inscne a bhí ann, ní raibh ann ach folláine a lorg don tsochaí ar fad.

XV

In ainneoin gabhálacha roinnt oifigeach a sainaithníodh mar mháistir-ghaiscí an massacre, agus freisin, in ainneoin an iliomad díbirt, aistarraingtí agus gabhála a rinne uachtarán Yorka ar phóilíní agus ar airm araon a raibh amhras orthu go raibh siad ag iarraidh ionsaí a phleanáil ina choinne , rinneadh an coup.

Chuaigh grúpa fear mór armtha a bhí i gcruachás le roinnt gníomhairí slándála isteach i bpálás an rialtais, shroich siad seomra Sira, ghabh siad í agus thóg siad ar shiúl í i dtrucail armúrtha.

Ag an am, bhí freagairt láithreach ó chúpla oifigeach a bhí ann agus bhí achrann i gcoinne arm na reibiliúnach. Mhair an lámhach thart ar leath uair an chloig, ach d'éirigh leis na fuadaigh Sira a thógáil ar shiúl.

Go leor ama do na fórsaí míleata go léir, faoi cheannas Aoa, géarleanúint a thionscnamh a mhair cúpla uair an chloig. I dtreo meán oíche tarrtháladh Sira le tine agus fuil agus ansin tugadh go dtí pálás an rialtais í. Idir an dá linn, dhearbhaigh meitheal d'arm na reibiliúnach faoi cheannas an Ghinearáil Banoba, a d'fhan san arm fós ar chúiseanna imthoisceacha, cogadh oscailte i gcoinne an rialtais.

XVI

Chuir Generalissimo Katerine, gan leisce, trúpaí chun tacú le cúis chóir na mban i Yorka. D'eisigh Sira preasráiteas ag impí ar mhná uile Yorka a gcearta a dhearbhú tríd an rialtas a chosaint.

Bhí Aoa i gceannas ar an bhfrithbheart a raibh sé mar aidhm aige deireadh a chur le Banoba, i bhfocail Aoa, bhí sé ag géarleanúint air ní amháin mar reibiliúnach, ach mar cheann cinedhíothaithe freisin.

Mhéadaigh an troid timpeall ar phálás an rialtais agus an mhílíste baineann ar fad ag máirseáil chun bualadh le príomhchathair Yorka, an chathair mhór Everesta, fanacht agus cosaint a dhéanamh uirthi.

Tá an laoidh do Mhná ann, sheinn na mná go léir a bhí ag dul i dtreo Everesta, d'fhonn misneach agus spreagadh a fháil as a gcúis chóir. Chuaigh mná de gach aois isteach sa chúis seo cinnte go raibh sé in am a gcearta a athrú agus a dhearbhú uair amháin agus do chách.

Deir an Laoidh do Mhná ...

Ná bíodh eagla ort, ná lagfaidh riamh ... caoin más gá duit caoineadh, canadh go deo ...

Déan aoibh gháire i gcónaí, grá i gcónaí ... troid más gá duit troid, cur i gcoinne go síoraí ...

Scairt do chuid mothúchán, scairt do cheartas ...

Cabhair i gcónaí ...

Consuela ...

Cosúil leis an iasc a bhíonn ag fánaíocht go saor sna farraigí, bíonn contúirtí leanúnacha ann ... socraíonn sé coinneáil ar siúl i gcónaí ... cosúil leis na héin a chanann a gcuid séiseanna ar maidin ... cosúil leis na hiolair a chosnaíonn a nead ... cosúil le an rós a adorns na gairdíní ...

Ná bíodh eagla ort, ná lagfaidh, caoin, canadh, gáire, grá, troid, cur i gcoinne, scread, cabhrú, compord ...

Bean don tsíoraíocht!

Bhí mothúcháin mheasctha ag Sira, mar a deir siad. Bhraith sí beagán de gach rud, feargach agus brónach smaoineamh ar an mbrath uafásach a rinne cuid de na hoifigigh ba ghaire di a bhí ag iarraidh dochar a dhéanamh di.

Bhí eagla air freisin, agus é ag machnamh i mbuncair i bpálás an rialtais, chuir sé go leor ceisteanna air féin. Chuir sí fios ar a fear céile, a chaith é féin isteach ina airm nuair a tháinig sé i láthair agus thosaigh sé ag caoineadh.

Ghlac siad le fada an lá, bhí Jorgo chomh balbh. Buartha faoin méid a bhí ag tarlú, ach diongbháilte tacú le Sira agus dul léi más gá go dtí go bhfaigheadh sí bás.

D'iompaigh sé aghaidh a mhná go cúramach, bhreathnaigh sé uirthi, phóg í, agus thug barróg di arís, ansin thug sí gloine uisce fuar di. Thóg Sira é in éineacht le piolla le feiceáil an n-éireodh lena néaróg.

XVII

Ann sin bhain sí lena fear céile scéal a tharla di agus í ina leanbh le grúpa campála, gan cuimhneamh gur Banoba a bhí ann. D'inis sí an taithí ó thaobh a máthar, leag sí béim ar mhisneach an ghrúpa den bheirt nuair a bhí siad ina leanaí, a raibh deacrachtaí leanúnacha acu sa domhan anaithnid sin, foraoise lán le milliún rud, go raibh orthu pian agus anró a fhulaingt, agus Ach d'éirigh leo caisleán na rósaí a bhaint amach, ag tagairt don chrann ollmhór a bhí acu mar dhídean, áit a ráthaigh cúram agus cosaint dóibh.

Taobh istigh den bhuncar bhí an tost taitneamhach, dúirt Sira lena fear céile: ní raibh deis againn mo smaointe polaitiúla agus mise a phlé, cé go dtugaim buíochas gan teorainn duit as do thacaíocht neamhchoinníollach ar fad, inis dom cad a cheapann tú faoi chúis na mban ? An gceapann tú gur fiú é seo go léir? An gceapann tú amhlaidh? Inis dom do bharúil. D'fhreagair a fear céile: tá a fhios agat go bhfuil grá agam duit agus nár mhaith liom ... níor mhaith liom conspóid a dhéanamh leat, aontaím le do bhealach smaointeoireachta, le do bhealach le bheith.

Inis dom cad a cheapann tú, is é sin, conas a fheiceann tú mo bhealach chun gníomhú sna cásanna seo go léir.

Thug Jorgo rabhadh dó, inseoidh mé duit cad a cheapaim ach geallaim dom nach mbeidh tú as mo mheabhair.

Fadhb ar bith, tá a fhios agam go bhfuil grá agat dom.

Go maith.

Creidim i gcúis chóir na mban, ach measaim go bhfuil mná ann atá an-radacach. Ní féidir le duine amháin tagairt a dhéanamh do bhean in imthosca ar bith toisc go dtógann siad ar an mbealach mícheart é cheana féin, creideann siad go bhfuil ceann acu macho agus ní hamhlaidh atá.

Ha ha ha ha ha ha!

Tá sé i ndáiríre! Creidim sa chomhionannas idir fir agus mná ach in aghaidh an dlí amháin, mar gheall go bhfuil fir an-difriúil ó mhná i ndáiríre, tá sé dodhéanta dúinn a bheith comhionann, agus ba cheart go dtuigfeadh ceannairí áirithe é sin a rinne a gcuid seasamh a radacú.

Tá an ceart agat! Is cinnte go roinnimid an bealach céanna smaointeoireachta. Creidim gur chóir go mbeadh meas ag mná ar fhir ar an mbealach a ghníomhaíonn siad, a smaoiníonn siad agus a gcónaíonn siad sa tsochaí, ach ba cheart d'fhir an rud céanna a dhéanamh, meas a bheith acu ar mhná chomh difriúil agus atáimidne.

Cén fáth go bhfuil go leor fir ag gníomhú i gcoinne na ndlíthe céanna? Cén fáth nach nglacann siad leis go bhfuil na mná ar chomhchéim maidir le meas ar na dlíthe?

B'fhéidir gur chuir siad mearbhall ar cheist seo maidir le saoirse na mban, creideann siad nach mbaineann mná, ag cur a gcumais go léir, leis na tuillteanais chéanna le fir, glacann siad leis gur comharthaí laige iad caoineadh, labhairt guth bog, miongháire agus rudaí mar sin, agus níos mó ná sin. , déanann a n-intinn dúnta agus teoranta léirmhíniú ar na comharthaí sin de laige ceaptha le míchumas ... sin an ceann is tromchúisí.

Ach níl aon bhealach eile ann ach aghaidh a thabhairt ar idirdhealú den sórt sin trí chearta na mban a dhearbhú, fiú trí airm.

Tá an ceart agat, ach tá an Banoba Ginearálta seo ag baint leasa as an staid seo ar mhaithe lena leasanna coiriúla féin.

Is léir nach bhfuil an dioscúrsa a bhaineann leis an mbunreacht agus an tír dhúchais a chosaint mar chuid dá éirí amach, toisc go bhfuil mná i gceannas ar athruithe agus go bhfeabhsaíonn folláine shaol na saoránach éad, léiríonn torthaí dearfacha na gClaochlú seo, caithfimid aghaidh a thabhairt air go dtí go mbuailfimid é, táim cinnte go luath go n-athróidh sochaí Eabhrac a dhearcadh i leith cómhaireachtála níos fearr.

Ná bíodh imní ort faoi mo ghrá, tá a fhios agam go bhfuil sé d'aidhm ag do chúis, chomh maith le hintinn na mná go léir a thacaíonn leat, ní amháin sa tír seo ach ar fud an domhain sochaí níos fearr a mhúnlú do gach duine, tuigim go stairiúil The. ba é ciúnas na mban a gcearta agus a ndeiseanna a shéanadh, tá sé thar am d'fhir a thuiscint go gcaithfear difríochtaí a urramú, go gcaithfear dlíthe a urramú, agus go gcaithfear comhionannas os comhair na ndlíthe, na gceart, na ndeiseanna a urramú freisin, nó eile. , is iad na mná céanna iad a éilíonn cúis chóir na mban.

Dúirt sé seo, toisc gur thuig sé go raibh an cogadh domhanda, agus nach raibh ann ach tús.